悪役令嬢の兄の憂鬱

夜光 花

角川文庫
24037

Contents

隣国グラナダ王国のフェムト王子の護衛騎士。実は強い魔力を持つ魔族の青年。ユリシスと何か因縁があるようだが……。

フィンラード王国の若き公爵。その無表情と氷魔法の使い手であることから、氷公爵と呼ばれる。本当は情に厚い。

Characters

イラスト / 柳ゆと

フィンラード王国

温暖な気候と広い台地を持つ歴史の古い国。
隣国とは何度も戦を起こして土地を守ってきた。

優秀なユリシスの側近。「イザベラは悪役令嬢で、このままだとユリシスも反逆者になる」と予言する。その正体は……。

ユリシスの妹。勝ち気でワガママな性格。フィンラード王国の第一王子の婚約者だが、王子にはあまり好かれていない。

グラナダ王国

海の向こうにあるフィンラードの隣国。
南の魔族とのつながりも深く、現在政情が不安定。

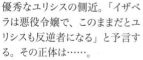

1　妹は悪役令嬢

これは父母が生きていた頃の記憶だ。

ユリシスには歳の離れた妹がいた。公爵位を持つ父は広大な領地を治めていて、社交界のないシーズンには家族を連れて領地へ戻った。王都から馬車で五日ほどかかるものの、領地は栄えていて、ユリシスはそこへ行くのが好きだった。

十歳の頃、ユリシスは領地に戻り、湖へ遊びに行った。護衛騎士を三人連れて、森の奥にある湖で泳ごうと思っていた。父は領地に関する仕事で忙しく、母は生まれたばかりの妹にかかりきりだ。ユリシスは護衛を伴うことで父から了解を得て、意気揚々と遊びに出かけた。

ひと月ほど前に嵐が来たせいでいつもの道がふさがれ、ユリシスたちは森を迂回《うかい》して湖を目指した。湖についた時だ。何故か護衛騎士たちが次々と膝《ひざ》を折った。

「公子様……、何か変です」

護衛騎士の一人がぐらぐらする頭を抱えて呟《つぶや》いた。三人いた護衛騎士たちは、地面に倒れていった。びっくりしてユリシスが身体を揺さぶると、寝息が聞こえてくる。護衛騎士たちは、森の中で突然睡魔に襲われた。非常事態にユリシスは動転した。頼りになるはずの大人は全員寝てしまって、揺さぶっても叩《たた》いても目を覚まさない。途方に暮れたユリシスは、じっと考え込んだ。

護衛騎士が眠った理由があると思ったのだ。城を出てからここに至るまで、護衛騎士は飲食をしていない。遅効性のものだとしても一時間以上経っているし、睡眠薬を飲まされた可能性は低いだろう。だとすれば、周囲に眠りに誘う何かがあったはずだ。

(何故僕だけ眠らないのだろう？　出がけに母がかけてくれた保護魔法のおかげか？)

ユリシスは周囲を観察した。ふと湖の畔《ほとり》に黒い物体を発見した。近寄ってみると、見たことのない生き物がいた。黒く光沢のある身体に黒い羽、黒い角、黒い尻尾《しっぽ》、開いた顎《あご》からは鋭い牙《きば》が見える。大きさは小型犬くらいだろうか。

「これは……竜、の子どもか？」

ユリシスは興味津々で黒い生き物の前に膝をついた。すると竜の子どもは苦しそうに息を吐き、ぎょろりとした目をこちらに向けた。竜の子どもの腹には深くえぐれた傷があった。その裂け目から赤黒い血が流れている。

「怪我をしているのか……」

父の領地ではまれに魔物が出現して、領地の騎士たちが魔物狩りを行っている。魔物は忌むべきもの、倒すべきものと言われているが、目の前で死にかけている生き物は脅威には思えなかった。

ユリシスはいったんその場を離れ、眠っている護衛騎士の下へ戻った。年長の護衛騎士の携帯している袋を探り、ポーションと呼ばれる治癒力のある飲み薬を取り出す。

ユリシスは竜の子どものところへ行き、持ってきたポーションをその口に注いだ。半分ほど注いだ時点で吐き出したので、残りは傷口にかけておいた。ポーションの効果はすさまじく、えぐれた傷口はみるみるうちにふさがれ、竜の子どもの苦しげな息遣いは次第に楽になっていった。

『……ナゼ』

竜の子どもは頭を起こし、不可解な様子でユリシスに問いかけた。しゃべる魔物なんて初めてで、ユリシスはかなり驚いた。竜の子どもは元気になるやいなや、じりじりと後退していく。

「僕の護衛騎士が眠ってしまったのは君のせいだろ？　起こしてくれないか？」

ユリシスは問いかけの意味を助けた理由と解釈して、そう答えた。すると竜の子どもはかなり長い間、ユリシスを凝視していた。知性のある魔物のようだし、ユリシスはそれほど目の前の生き物を恐れていなかった。物心つく頃には剣を握らされ、同い年の子どもとは比べ物にならないほど剣技の立った少年と言われ、小さな魔物相手なら勝てる自信があった。

『………』

竜の子どもは、何を思ったか、とことこと近づいてきた。ユリシスの前に来ると、鼻先を身体にくっつけて匂いを嗅《か》いでくる。

「痛っ」

いきなり竜の子どもがユリシスの手を噛《か》んできた。とっさに払いのけたものの、かすかに竜の子どもの口にユリシスの血がついた。

『オ前ノ、ニオイ、オボエタ』

竜の子どもはそう言うなり、羽を広げて空へ飛んでいった。ユリシスは呆然《ぼうぜん》として空へ消えていく黒い物体を見送った。噛まれた手には歯形がついていたが、本気で噛んだわけではないのが傷痕《きずあと》から分かった。

護衛騎士の下へ戻ると、唸《うな》り声を上げて皆が目覚める。

「一体何が……、公子様、大丈夫ですか⁉」

眠りから覚めた護衛騎士たちは真っ青になってユリシスの安否を確認する。

「何もない。湖で遊んでいいか？」

竜の子どもの話をすると面倒になりそうだったので、ユリシスはあえてそう言った。

護衛騎士たちは何故睡魔に襲われたか分からないので城へ戻ろうとうるさかったが、めったにない遊び時間を与えてもらったのでユリシスは湖に入って思う存分泳ぎまくった。

まだ幼かった頃の他愛《たわい》もない記憶。あの日、竜の子どもを助けたことで、のちの厄介事が増えるとは知る由もなかった。

その日、ユリシス・ド・モルガン公爵は疲れていた。連日に及ぶ王宮からの呼び出し、領地を苦しめる魔物、加えて溜《た》まっていく書類仕事、愛する妹の起こした問題行動、次から次へと押し寄せる数々の問題に睡眠時間も大幅に減り、苛立《いらだ》ちが募っていた。

寝不足とイライラは心身を乱した。二十五歳という若さにして公爵の地位にあるユリシスだが、若くても無理をすれば調子は崩れる。そのせいで、いつもなら笑って見過ごす妹の癇癪《かんしゃく》に、大声を上げてしまった。

「イザベラ！　淑女なら、そのような見苦しい真似をするな！」

珍しく怒鳴られて、妹のイザベラはびっくりして泣き真似をやめた。そして真っ青になって、ユリシスから退いた。間の悪いことに、言い合いをしていたのが階段の前だった。イザベラは階段を踏み外して、宙に舞った。

「イザベラ！」

ユリシスは大声を上げ、とっさに飛び出した。階段から落ちそうになるイザベラを抱き留め、そのままかばうように落下した。

「公爵様！」

「閣下！」

「きゃあああ！」

派手な音と、執事やメイド、そして側近であるイザークの声が重なる中、ユリシスは階段下まで転がり落ちた。妹のイザベラをしっかり抱え、下敷きとなって倒れ込む。

どこかに頭を打ったのか、人々の声と悲鳴がわんわんと頭に鳴り響いていた。生ぬるい液体が床につけた耳朶《みみたぶ》の辺りに流れているのが分かり、とても気持ち悪い。何かを言おうとしたが、視界が暗くなり、意識は途絶えた。


ユリシスの人生は、十七歳の時に劇的に変わった。

公爵家の嫡男として生まれたユリシスは、幼い頃は敬愛する両親の下、幸せに育った。

この国、フィンラードには二大公爵家が存在する。西のトラフォト家、東のモルガン家と称されるように、二つの公爵家は王国の西と東に広大な領地を持っている。フィンラード王国は温暖な気候と広い台地を持つ歴史の古い国で、隣国とはこれまでに何度も戦を起こして土地を守ってきた。

ユリシスの父は水魔法の使い手として有名で、領地は飢饉《ききん》知らずと言われるほど潤っていた。領地経営は順調で、ユリシスの十歳下に妹が生まれるほど家庭も円満だった。

母が不慮の死を遂げたのは、ユリシスが十七歳の時だ。当時王立アカデミーで寮暮らしをしていたユリシスは、馬車の事故で亡くなったという母と、葬儀の日に対面した。

馬車には細工がしかけられており、使用人の一人が犯人として捕らえられたが、黒幕を吐く前に自害した。父には政敵が多く、結局誰の仕業かは分からずじまいだった。

母が亡くなった後、公爵家は明かりが消えたようになった。父は母を失った悲しみで仕事に明け暮れ、城には幼い妹のイザベラが一人残された。父の妹である叔母《おば》が、女親がいないのはよくないと父を説得し、王都にあるタウンハウスにイザベラを呼び寄せた。

イザベラは当時七歳、急に変わった環境に情緒が不安定になっていた。今思えば、父とイザベラを引き離したのは大いなる間違いだった。ユリシスが十九歳になり王立アカデミーを卒業して領地に戻る頃には、父は病に臥《ふ》していた。酒に溺《おぼ》れ、過労と睡眠不足で、流行《はや》り病にかかり呆気《あっけ》なく他界した。

ユリシスは十九歳という若さで公爵の地位を引き継ぐことになったのだ。

そこからはただひたすら地位を固めるために、奔走した。慣れない領地経営や、境界線に現れる魔物の討伐、貴族と渡り合うため行きたくもない社交界にも顔を出した。最初は若くして公爵となったユリシスに貴族の目は厳しかった。取引を止める商会も多かったし、若いと侮る者も大勢いた。

ユリシスにとって、守るべき存在はもう妹だけになってしまった。イザベラのために、公爵という地位を万全なものにしなければならないと、二十一歳の時に、隣国と起きた戦争に出向いた。

ユリシスは魔法の才能に恵まれていて、王国ではほんの一握りしか使える者がいない氷魔法を扱える。体軀《たいく》もよく、剣の腕も師範代と呼ばれるほどで、ユリシスにとって戦場は水を得た魚のように過ごしやすい場所だった。

ユリシスは敵国の将の首をいくつも討ち取り、『シャルカッセンの鬼神』と恐れられるほど武勲を立てた。戦場となった隣国との境にあるシャルカッセンという土地では、悪いことをする子どもは鬼神に氷漬けにされるという唄《うた》ができたくらいだ。戦争はユリシスが活躍してほどなく終息し、ユリシスは国王陛下から土地や魔石、さまざまな名誉ある褒賞をもらった。

王国にはユリシスを誹《そし》る者はいなくなった。

ユリシスの青みがかった銀髪に紅玉のような瞳《ひとみ》は珍しく、陰では氷公爵と呼ばれている。ユリシスが姿を見せると、皆おののいて遠ざかるのが常で、元々人づきあいがわずらわしかったユリシスとしては楽になった。

ユリシスは自分が社交的ではないのを自覚している。ゴマすりや思ってもいない謝辞、相手を立てるということが苦手で、上っ面だけの会話も好きではない。美貌《びぼう》の公爵と有名だった父親に似た顔立ちをしているが、にこりともしない愛想のなさで、人々から嫌われている。

本当は領地に引きこもっていたいのだが、王宮から呼び出しがかかり、先週から王都にあるタウンハウスで暮らしていた。妹のイザベラは領地より王都にいたいというので、もっぱらタウンハウスにいる。ユリシスとしては一緒に領地で暮らしたいのだが、イザベラには王都にいるほうがいい理由があった。

イザベラはこの国の第一王子であるアレクシスと婚約をしている。アレクシス王子は正室の子で、イザベラは妃教育を王宮で受けているのだ。現在フィンラード王国には王妃の他に側室が二人いる。現国王陛下は女好きで、第一側室は伯爵家の娘だが、第二側室は侍女をしていた子爵家の娘だ。現在のところ王妃にはアレクシスとトーマスという王子がいて、第一側室には王子が一人、第二側室には王女が一人いる。正室の子であるアレクシスだが、第一側室の王子のほうが二年早く生まれていて、どちらが後継者になるかは決まっていない。

イザベラとアレクシスが婚約を交わしたのは、四年前だ。戦争の褒賞として望みを聞かれた際、イザベラがどうしてもアレクシスと婚約したいとすがりついてきたので、願い出た。王家でも公爵家の令嬢が相手ならいいだろうと話が進み、婚約が調った。

そのイザベラとアレクシスの仲があまりよくないと知ったのは、一年ほど前だ。イザベラは変わらずにアレクシスを慕っているが、アレクシスのほうがイザベラに興味がないと聞いている。妹を大事にしないような王子なら婚約をやめてもいいとユリシスは思ったが、当のイザベラはアレクシス以外の男は嫌だと言っている。

昨日も、イザベラはその件に関して問題を起こしていた。アレクシスの態度が冷たいと王宮で侍女に八つ当たりをしたらしい。侍女に落ち度はなく、報告書にも示談で終わったと書かれている。だがイザベラはどうしてもあの侍女をクビにしてくれとユリシスに迫ってきた。ヒステリックに叫び、泣き真似をするイザベラに、疲れもあってユリシスは神経質になっていた。妹のわがままは何でも受け入れようと思っているが、道理の通らない話をするイザベラに苛立った。

だから――あんな事故を招いてしまった。

普段の自分ならありえないミス。イザベラをかばって階段を落下するなど。とっさに魔法を使えばよかったのに、それさえも頭が回らないくらい疲れていた。

目が覚めた時、ユリシスは寝室に寝かされていた。広い寝室には天蓋《てんがい》付きの大きなベッドと調度品、全身が映る鏡や簡単な書き物をする机や椅子が置かれている。いつもの見慣れた自分の寝室だ。いつの間にか夜になっていたようで、ベッドの傍にあるサイドボードにはランプの明かりが灯《とも》されている。

ベッドの脇には椅子が置かれ、沈痛な面持ちのイザークが座っていた。

「う……」

　ユリシスは何度か瞬きをして、呻《うめ》き声を上げた。ハッとしたようにイザークが身じろぎ、すぐにユリシスを覗《のぞ》き込む。

「気がつかれましたか、公爵様」

　起き上がろうとするユリシスを助け起こしながら、イザークが言う。イザークは今年二十六歳になるユリシスの執務補佐官だ。平民だが、王立アカデミーを首席で卒業した頭脳明晰《めいせき》な男だ。赤茶色の髪に、鳶色《とびいろ》の瞳、背が高く、ひょろりとしている。五年ほど前に本人が公爵家に売り込みに来て、有能さを買って採用した。先を読む力に優れていて、仕事能力は右に出る者がなかったので、今では常に傍に置いている。

「俺は……俺は、どうした？」

　ユリシスは上半身を起こしながら呻くように言った。痛む頭に手を当てると、包帯が巻かれている。

「公爵様、痛みはございますか？　公爵様は公女様をかばって、階段から落ちたんです。頭から出血して、大変なことになるところだったんですよ」

　イザークに教えられ、階段を落ちた記憶が脳裏に蘇《よみがえ》った。

「イザベラは!?　イザベラは無事か!?」

　思わず大声を上げたのは、ユリシスにとってイザベラはたった一人の家族だったからだ。イザベラを失うことは耐えがたい痛みだった。

「落ち着いて下さい。公女様は無事です。公爵様がかばったので、怪我一つありません。

今は自室にいらっしゃいます」

イザークに宥《なだ》められ、ユリシスはホッとして肩の力を抜いた。

イザベラは十五歳のまだ少女といっていい年頃だ。白い肌にぱっちりした青い目、ユリシスと同じく青みがかった長い銀髪、美少女といっていいだろう。

氷公爵と呼ばれる自分にも弱点はある。唯一の家族、イザベラだ。イザベラのためなら何でもしようと思っているし、どんなおねだりも聞き入れ、どんなわがままも受け入れた。

そのイザベラが無事と聞き、ユリシスは心から安堵《あんど》した。

「イザベラが無事ならいい」

頭の痛みも忘れ、ユリシスはひと息ついた。

「俺はどれくらい意識を失っていたんだ？」

どんよりした様子のイザークに尋ねると、「十時間ほどです」と言われる。階段から落ちたのが昼時だったので、窓の外は真っ暗だ。

「出血はありましたが、医師の話では、傷は深くないそうです。明日《あした》また、医師に診てもらって下さい」

イザークはちらちらとユリシスを見て、ため息をこぼす。いつも冷静沈着といった様子のイザークが何か言いたげなので、ユリシスも気になった。

「俺が寝ている間に、何かまずいことでも起きたか？」

イザークは平民だが、論理的な思考を持ち、公爵である自分にも臆《おく》さない性格をしている。何度も危ない場面を助けられたし、信頼が厚いのだ。そのイザークが何か大きな重荷を抱えているそぶりなのは、非常に気にかかる。自分が死にかけて危機感でも持ったのだろうかと思ったが、イザークの悩みはそんなものではなかった。

「公爵様……。今から私が話すことを、真面目に聞いてもらえますか？」

重々しい口調でイザークが切り出し、ユリシスは眉根《まゆね》を寄せた。

「何だ？　俺がお前の話を真面目に聞かなかったことでもあるか？」

ユリシスがムッとして聞き返すと、イザークが苦笑する。イザークはユリシスの背中に大きな枕を二つ置き、楽な体勢で話ができるようにした。

「そうですね。あなたはいつも私の話に重きを置いて下さいます。……実は私には、前世の記憶があるのです」

言いづらそうに話し始めた内容に、ユリシスは面食らった。

前世の記憶……？

「どう説明したらよいのか……。私はこの世界で生まれる前に、別の世界で生きた記憶があるのです。そこは文明の発達した世界で、……私が発明したと言われる魔法具は、その世界で日常的に使われたものを模したものだったのです」

ちらりとこちらを窺《うかが》いながら、イザークが言う。魔法具と言われて、驚いた。そもそもユリシスがイザークを傍に置こうと決めたのは、イザークがいくつかの画期的な魔法具を発明していたからだ。髪を即座に乾かす温風を発する魔法具や、食料を冷たく冷やして保存期間を延ばす魔法具、夏の日に風を送る魔法具など、イザークは天才的な発明品をいくつも作っている。公爵家にその魔法具と自分を売り込みに来た時に、ユリシスはこの者は天才だと気づいた。素晴らしい発明品の数々をどうして自分で売り出さないのか疑問に思ったが、平民出のイザークは貴族社会につてがないと言い、公爵家でこれらのものを売ってほしいと頼み込んできた。イザークの経歴を知り、すぐにユリシスは契約した。発明品は瞬く間に売れ、イザークは働かなくてもいいくらいの資金を得た。イザークはユリシスのために働きたいと申し出たので、その頭脳を見込んで右腕としたのだ。

「あれらのものを日常的に使う世界……？」

イザークの話を簡単には受け入れられなくて、ユリシスは首をかしげた。

「はい。何故私が公爵家に魔法具を売り込みに来たかというと、公爵様が実力主義であることを存じていたからです」

ユリシスの顔色を窺いつつ、イザークが続ける。

「実は私には未来が分かります」

思いがけない発言がイザークの口から出て、ユリシスはぽかんとした。

「いきなりこんなことを言われても信じられないでしょうが、実は今日公爵様が公女様をかばって階段から落ちてこめかみに怪我を負うのも、すでに決められていたことだったのです。お会いした時には傷がなかったので、きっと単なる偶然とこれまで思い込んでいたのですが、パッケージの絵の通り公爵様が傷を作って、私もこれ以上黙っているわけにはいかなくなりました。その……説明がとても難しいのですが、公女様は悪役令嬢なのです……」

徐々に歯切れの悪い口調になったイザークに、ユリシスはますます困惑した。

「パッケージの絵とは何だ？　意味が分からん。悪役令嬢？　貴様、俺の妹を愚弄《ぐろう》する気か」

自分のことはともかく、イザベラを悪く言われると頭に血が上る。ユリシスが険しい表情で身を乗り出すと、イザークが慌てて手を振る。

「滅相もありません。ともかくですね」

イザークがキッと眦《まなじり》を上げて、ユリシスを射貫《いぬ》くような目で見てくる。ふだんは淡々としているイザークが珍しく強い姿勢で話してくるので、ユリシスも驚いた。イザークは大きな決意を持って自分に話している。

「このままでは、公爵様は大変危険な状態になります」

拳《こぶし》を握りながら言われ、ユリシスは目が点になった。

「三年後には王家に反逆して、最悪の場合処刑されるんです！　私はそれを阻止したい！」

いきなり反逆と言われ、ユリシスは呆気《あっけ》にとられた。

「ちょっと待て、何で俺が反逆者になるんだ？　王家とは仲良くもないが、反逆するほどでもない。第一、イザベラは第一王子の婚約者だ。縁戚《えんせき》となる王家に歯向かう馬鹿がいるか」

あらぬ疑いをかけられて、ユリシスは失笑した。イザークは頭がおかしくなったのかと思ったのだ。もしかしたら、仕事の詰めすぎかもしれない。有能ゆえに仕事を振りすぎたのかも。

「それが問題なんです！　公女様はこのままいくと、王子から婚約破棄され、処刑されます！　それに激怒した公爵様が、王家を滅ぼそうとするんです！」

イザークに声を荒らげられ、ユリシスは呆《あき》れ返った。イザベラが婚約破棄？　処刑？やはりイザークは頭がいかれている。王家との婚約が破棄されるなど、よほどのことでもない限りあり得ない。何故妹が処刑されるのか。それに王家を滅ぼすなんて、一公爵家にできるはずがない。公爵家が所有する兵はあるが、王家のものとは比べ物にはならない。

「イザーク、少し働きすぎたか？」

ユリシスは同情気味に告げた。

「は？」

「未来が分かるなど、訳の分からないことを言い出すくらい、疲れているということだろう？　まさか俺が怪我をして、精神的疲労でも感じたか？　俺は大丈夫だ。すぐにこんな怪我、治る」

　ユリシスがぽんとイザークの肩を叩《たた》くと、ムッとしたように腰を浮かせた。

「本当なんです！」

　イザークはムキになったように言うが、そんな馬鹿らしい話を信じるほど愚かではない。

「分かった、分かった。やはりお前にばかり、仕事を割り振りすぎたな。お前が期待に応《こた》えてくれるから、つい……。今後は少し、調整しよう」

　ユリシスは疲れを感じて額に手を当てた。イザークの途方もないほら話を聞いて、頭の痛みが戻ってきた。

「俺はもう休む。お前も、そうしろ」

　ユリシスは軽く手を振り、重く感じる身体を横たえた。イザークは何か言いたげに何度も口を開いたが、諦《あきら》めたように肩を落とした。

「公爵様。ではこれだけ、聞いて下さい。一週間後、王宮から呼び出しを受けて、公爵様と公女様は出かけます。王宮で公女様は第二王子のお気に入りのガラス細工を壊してこっぴどく叱られます。どうか、その出来事が本当に起きたら、私の話を信じて下さい」

　真剣な様子で訴えてくるイザークに、ユリシスは「分かった」と適当に返事をした。

王宮から呼び出される用事は特にない。昨日呼び出しを受けたばかりだ。

　イザークを信頼していろんなものを任せてきたが、少し調整が必要だと感じていた。

頭の痛みが薄らぐのを期待して、ユリシスは目を閉じた。

ユリシスの負った怪我は打撲と裂傷で、全治一ヵ月と言われた。四日ほど安静にしていたが、いつまでも寝ていられないので医師の言い分は無視して、ベッドから起き上がった。幸い、頭の裂傷は深くはなく、落下した際に打ち付けた背中や腰の打撲は我慢すればいい。

痛み止めの薬草を飲み、ユリシスは馬車で登城した。今日は国政会議があり、公爵の身であるユリシスは参加する義務がある。

「おお、モルガン公爵。階段から落ちたと聞いたが、大丈夫なのか？」

会議室に入ってきたフィンラード国王であるランドルフ・ド・モレスティーニはユリシスを見るなり、大げさなほど驚いて言った。ランドルフ国王は太った身体に撫《な》でつけた黒髪、青い瞳《ひとみ》の中年男性だ。女好きで、気に入ると配下の妻でも寝取る暴君だ。不摂生が祟《たた》って、高血圧で動悸《どうき》息切れ眩暈《めまい》を起こしやすい。自分の容姿が劣っているのを自覚しているので、見目の麗しいユリシスを毛嫌いしている。

「問題ありません。お気遣いに感謝いたします」

ユリシスはにこりともせず、受け答えた。会議室には円卓があり、国の中枢を担っている面々が参加している。総勢十五名、宰相であるリンドール侯爵が議長となり、書記が会議の内容を書き記す。議題は治水事業の進捗《しんちょく》や災害に関する報告、各領地の収穫量の報告、魔物の討伐や隣国の情報など多岐にわたる。

「今日はこの辺りでお開きとしましょう。残りの議題は明日へ」

昼休憩を挟んで日が暮れる頃まで話し合いを続け、宰相がそう締めくくった。明日の予定時刻を確認して、国王が退室したのちにそれぞれ会議室を出るのが通常だ。

「おお、そういえばモルガン公爵。明後日は王宮に氷細工師が来るのだ。そなたも妹を連れて登城せよ。氷の手配が間に合わないかもしれぬのでな」

会議室を出る直前、ランドルフ国王が思い出したように言った。

「は。仰せのままに」

急な予定を入れられ、内心苛立《いらだ》ちは募ったが、国王の命令とあらば聞かぬわけにはいかない。ユリシスは礼儀正しく受け答え、ランドルフ国王の後に会議室を出た。廊下で待機していた護衛騎士がユリシスを出迎え、眉《まゆ》を顰《ひそ》める。

「閣下、大丈夫ですか？　顔色が悪いです」

ユリシスを護衛しているのはユリシスが抱える騎士団の副団長だ。名前をニース・ベルフォンといい、子爵家の出だ。長身でがっちりした肩幅に、赤毛で眉の太い凛々《りり》しい青年だ。騎士団長の次に剣技の立つ男で、ユリシスは信頼している。

「問題ない」

口ではそう言ったものの、やはり階段から落ちたときの後遺症はまだある。ユリシスは四肢の痛みを感じて、重い脚を無理に動かしながら馬車に戻った。帰る道すがら、目を閉じて仮眠をとっていたが、ふと脳裏にイザークの声が蘇《よみがえ》った。

『一週間後、王宮から呼び出しを受けて……』

そういえばイザークが言っていた一週間後とは、明後日のことだ。予定になかったイザベラとの登城が現実化した。

（まさかな。偶然だろう）

第一王子の婚約者であるイザベラが登城する機会は多い。その時は、ユリシスは単なる偶然と思い込んだ。

だが二日後――。

王宮の庭で氷細工師が氷を削って作った白鳥を眺めていたユリシスは、侍女の悲鳴と第二王子の怒鳴り声、イザベラの泣き声に、イザークの予言めいた言葉を再び思い出すことになった。

「僕の大切な城を！　お前なんか処刑してやる！」

最初に聞こえてきたのは、侍女の悲鳴と、第二王子の癇癪《かんしゃく》を起こした声だった。何事かと氷細工師の近くに集まっていた貴族の面々は同時に振り返った。今日は快晴で、用意していた氷は少し溶けかかっていた。ユリシスは氷魔法を使い、水を氷に変え、氷細工師と王妃から感謝の言葉をかけられた。

一緒に来たイザベラは、第一王子のところに行くと言って、どこかへ消えた。妃教育も始まっているので、イザベラが粗相をするとは思ってもいなかった。それがそもそもの間違いだろう。

後から知ったのだが、イザベラが会いたがっていた第一王子は剣の練習をすると言って、イザベラと交流を持たなかった。代わりに第二王子がイザベラの手を引き、国王からの賜りものをイザベラに自慢しながら見せたらしい。

「私が悪いんじゃないわよ！　あんたがちゃんと持ってないからでしょう！」

イザベラは最初第二王子に食って掛かっていた。ユリシスや王妃が到着した時には、目を吊《つ》り上げて喧嘩《けんか》するイザベラと第二王子のトーマスがいた。二人の足元には壊れたガラスの破片が転がっていて、おろおろする侍女がそれをかき集めている。

「お前が押さなきゃ、落っことさなかったよ！　どうしてくれるんだ！　僕の宝物だったのに！」

トーマス王子は泣きながら、イザベラに摑《つか》みかかる。トーマスはまだ十歳の子どもで、アレクシスの弟だ。年端もいかない男の子だったので、イザベラは逆にその腕を摑み、小さな身体を押し返した。トーマスは見事に引っくり返り、火がついたように泣きだす。

「イザベラ！」

一連の騒動を目にしたユリシスは、その場にいた貴族たちが震え上がるような声で怒鳴りつけた。当然、当のイザベラも真っ青になって飛び上がり、眉根《まゆね》を寄せるユリシスを見て、わーっと泣き出した。

「王妃様、申し訳ありません。妹が第二王子の宝物を壊してしまったようです。この償いは、必ず致しますので」

ユリシスはロクサーヌ王妃に、跪《ひざまず》いて頭を下げた。ロクサーヌ王妃はランドルフ国王にはもったいないほどの器量よしで賢妃と呼ばれる女性だ。二人の子を産み、四十歳になったはずだが、金髪に青い目と見た目は今も若々しい。ロクサーヌ王妃は、ちらりと残骸《ざんがい》に目を向けた。ガラスで城を作るのはかなり困難だ。おそらく魔法を使って作られたのだろう。

相手に非があろうと、第二王子の持ち物を壊した時点で、公爵家としては謝罪しなければならない。イザベラもそれくらい心得ていると思っていた。まさか暴力に訴えるとは。

「まぁまぁ。子どもたちの喧嘩ですわ。トーマスも、そのように壊れやすいものを庭に持ち込むなんて、愚かなふるまいですよ」

国王と違い、賢妃と名高い王妃は、この場の状況を見てそう言った。

「だって、だって……、僕の……」

トーマスは王妃の前で泣きじゃくって、ちらちら周囲を窺《うかが》う。おそらく自分の味方を探しているのだろう。

「けれどイザベラ。あなたも淑女として乱暴すぎます。妃教育が滞っているようね」

王妃はじろりとイザベラを見て、冷たく言い放つ。とたんにイザベラはがくがくと震え、ドレスの裾《すそ》をぎゅっと握った。

「も……申し訳……ありません……」

目に涙をいっぱい溜《た》めて、イザベラがか細い声で謝る。イザベラも王妃を敵に回してはいけないことくらい分かっているようだ。氷細工を見に来た王妃の招いた貴族たちは、この状況を半分面白がっている。

「これは大変ですね」

人々の輪からさりげなく現れたのは、氷細工師の男だった。浅黒い肌に黒縁の眼鏡をかけた金髪の青年で、服の上からも分かるほど鍛え上げられた肉体を持っていた。ガンダ国の出身と聞いているが、わざと野暮ったい恰好《かっこう》をしているように見えた。氷細工師の男は、地面に転がったガラスの破片をじっくり眺める。

「どうでしょう、私が氷で壊れたものを彫ってみましょうか」

氷細工師の男が言うと、トーマスの顔がぱっと輝いた。

「ほ、本当!?　城を小さくしたものなんだ！」

トーマスが意気込んで言う。氷細工師の男が笑顔でこちらを見たので、ユリシスは大きく頷《うなず》いて手を上に翳《かざ》した。

「氷魔法、塊となれ」

ユリシスがそう呟《つぶや》くと、風が起こり、近くの池から水が集まってきた。ユリシスが魔力を注ぐと、目の前に大きな氷の塊が一瞬にして出来上がる。

「素晴らしい。公爵様と組めば、私はどんな場所でも食っていけそうです」

氷細工師はにこにことして言い、早速氷を削る道具を持ち出し、瞬く間に城の形を作り上げていった。

「何と素晴らしい腕前か」

「ええ、本当に。我が家にも招きたいわ」

氷細工師の腕前に、貴族たちも感嘆している。ふだんは平民を馬鹿にしている彼らだが、一芸に秀でた平民に対しては寛容だ。

「どうでしょう。これに保存魔法をかければ、出来上がりです」

氷細工師の作った氷の城は、見事な出来栄えだった。ユリシスは当然のようにその氷の城に保存魔法をかけた。これで半年くらいは形を維持できるだろう。

「トーマス王子、半年ほどしたら形が崩れてきますので、そうしたらまた保存魔法をおかけ下さい」

ユリシスはトーマスの前に膝《ひざ》をつき、そう言った。

「うわぁ！　すごいよ！　僕の持っていたガラスの城とほとんど同じだよ！」

トーマスは氷でできた城を抱え、泣いたことが嘘のように喜んでいる。ほとんど同じと聞き、ユリシスはちらりと氷細工師を見た。

「先ほど見せていただいたので、記憶を頼りに作りました。王子様に喜んでいただき、恐悦至極でございます」

　氷細工師は優雅に一礼して言う。

「見事なものよ。氷細工師には褒美を取らさねばならぬな」

　王妃は満足そうに氷細工師を褒め称《たた》える。不穏だった空気は氷細工師のおかげで和やかになり、その後のお茶会も滞りなく進んだ。

　ユリシスは帰り際に氷細工師に声をかけた。

「今日はお前のおかげで助かった。この礼は必ずしよう」

　妹が咎《とが》められなかったのは、氷細工師のおかげだ。ユリシスがそう言うと、氷細工師は腰を低くして喜んだ。

「礼などは必要ありません。その代わり、何かあった時に助けてもらってもよいでしょうか」

　氷細工師に上目遣いで見られ、ユリシスは大きく頷いた。

「無論だ。何かあったら公爵家に来るがいい」

　氷細工師に約束すると、ふいにその目が大きく開かれた。氷細工師は何かを探るようにユリシスの顔の近くに鼻を寄せた。とっさに身を引くと、氷細工師は気まずそうな表情で目を逸らした。

「では」

　氷細工師が一礼して去っていく。ユリシスはどんよりした面持ちのイザベラと帰宅の途に就いた。帰りの馬車で、イザベラはずっとびくびくしていた。問題を起こしたので怒られると思ったのだろう。

けれど、ユリシスの思いは別のところにあった。

イザークが言う通りの出来事が起きてしまったのだ。

『王宮で公女様は第二王子のお気に入りのガラス細工を壊してこっぴどく叱られます』

イザークが今日自分とイザベラが王宮に呼び出しを受けるところまでは推測できても、その後に起こるガラス細工の話を予想するのは不可能だ。何しろ、トーマス王子がガラスの城を持っていたことなんて、ユリシスだって初耳だったのだ。きっとトーマス王子は自慢したくて、イザベラにガラスの城を見せに来たのだろう。イザベラは第一王子以外に興味がないので、トーマス王子を適当にあしらったに違いない。

(イザークは予言者だったのか⁉)

ユリシスの頭の中は、その疑惑が渦巻いていた。

この国には百年に一度、予言者と呼ばれる存在が現れる。聞いた話では、未来を予測する力があるそうだ。

(信じられない。イザークがそんな力を持っていたなんて……)

困惑していたユリシスは、険しい表情だった。それがイザベラにとって激怒している表情に見えたのは仕方ないことだった。馬車の中は重苦しい雰囲気になり、ユリシスはそれに気づかずにいた。

　公爵家に戻ったユリシスは、すぐにイザークのいる執務室へ向かった。執務室は大きな部屋で、ユリシスの使う重厚なデスクとイザークの使うデスクが置かれている。帳簿や書類をしまう棚や黒い革張りの長椅子とテーブルがある機能的な部屋だ。

　イザークはいつも通り、机で書類仕事をしていた。

「イザーク！　お前の言った通りになったぞ！」

　執務室のドアを開けたユリシスは、摑《つか》みかからんばかりの勢いでまくし立てた。それに対するイザークはひどく冷静で、ユリシスを宥《なだ》めるように「お帰りなさいませ」と一礼した。

「壊れたガラスの城は、氷細工師が代替品を作ったのでしょう？」

　潜めた声で言われ、ユリシスは大きな衝撃を受けた。

「その通りだ！　お前は予言者か⁉」

　その場にいなかったはずのイザークに見てきたかのように言われ、ユリシスは大きく身震いした。

「予言者……そうか、そうなるよな……」

　イザークは何故か頭を抱えて、聞き取れないような小声でぶつぶつ言っている。次に顔を上げたイザークは、気持ちを切り替えるように咳払《せきばら》いする。

「……ええ、まぁ、予言者でいいです。私はこの世界に起きる出来事をある程度知っております。予言者ということで、私の話を真面目に聞いて下さいますか？」

落ち着くように強い口調で言われ、ユリシスは執務室に置かれた応接セットの長椅子にどかりと腰を下ろした。

「もちろん聞くとも。だが、不思議だな。お前に魔力はないようなのに……」

ユリシスが座れと顎《あご》をしゃくると、イザークが向かいの長椅子に腰を下ろす。

大きな魔力を持つユリシスは、相手が魔力を持っているか持っていないかの見分けがつく。自分の目から見て、イザークに魔力はない。

「あの時はたわごとを述べていると思って、適当に聞き流していた。今度は真剣に聞くから、もう一度教えてくれないか？　俺の妹が大変な目に遭って、俺が国に反旗を翻すといった内容だったたな？」

ユリシスが改めて問うと、イザークがホッとしたように胸を撫《な》で下ろした。

「ようやく私の言葉に耳を傾けてもらえるのですね。そうです。公女様は、悪役令嬢なんです」

悪役令嬢と言われると、カチンとくる。

「その悪役令嬢とは何だ？　俺の妹は公爵令嬢だぞ？」

イザークを信頼しているが、可愛い妹を悪役にされるのは腹が立つ。

「ええと、そういうことではなくてですね……。まず、最初に申し上げたいのですが、公女様をどうお思いですか？　どのような少女だと？」

言いづらそうにイザークに聞かれ、ユリシスは首をかしげた。

「美しく育った公爵家の令嬢だろう。少し負けず嫌いではあるが、礼儀作法も出来ているし、特に問題はない」

　ユリシスがあっさりと言うと、イザークの顔が引き攣《つ》った。

「そ、そんなふうに思っていらしたので？　確かに美少女ではあります。ですが……まず、あの髪形。何で縦ロールなんですか？　化粧もあの年頃にしてはきついですよね」

　おそるおそるイザークに言われ、ユリシスは目が点になった。縦ロールの意味が分からないが、イザベラの巻いた髪について言っているのだろうか。

「地味だから派手な髪形にするよう言ったのだが、よくないか？　化粧も、目立つためにさせているが」

　ユリシスが首をかしげると、イザークが「あなたが命じたんですかっ！」と腰を浮かせた。その大げさなまでの口ぶりに、ユリシスは驚いた。

「まずかったか？」

　公爵家の令嬢として舐《な》められまいとしたのだが……。

「絶対よくないです！　似合ってないです！　公女様はふつうにまっすぐ髪を下ろしていたほうが美しく見えます！　化粧だって！　あの歳でする必要はないでしょうっ。せいぜい口紅程度で十分です！」

　イザークに力説されて、ユリシスは絶句した。良かれと思って命じていたのだが、世の傾向は違ったらしい。

「そうだったのか……それはイザベラにも悪いことをしたな。明日からふつうにするよう侍女に申しつけよう」

ユリシスが素直に応じるとイザークが安堵《あんど》したように何度も頷《うなず》く。

「あと問題ないとおっしゃっていますが、公女様は手が付けられないほどわがままで人を見下すとんでもなく性格の悪い令嬢です。公爵様の知らないところで、公女様の悪評は高まっております。侍女たちが裏で鞭《むち》で打たれたり、熱い紅茶をぶっかけられたりしているのを、ご存じないのですか？」

身を固くして言われ、ユリシスは失笑した。

可愛い妹がそんな虐待を侍女にしているはずがないと、ユリシスは鼻で笑った。すぐに冗談だと返ってくると思ったのに、イザークは重苦しい空気のままだ。

「まさか、そんな」

「まさか……本当か？」

イザベラは気は強いが優しい娘と思い込んでいたユリシスは、愕然《がくぜん》とした。そういえばイザベラの専属侍女やメイドはよく辞める。公爵家の仕事は大変なのだろうと勝手に思い込んでいたが……ひょっとして、イザベラの仕打ちに耐え切れず？

「ご存じなかったのですか。てっきり公爵様も使用人にはそういう仕打ちをして当然という考えなのかと思っておりました。いえ、私だけではなく執事もメイド長もそう思い込んでいましたよ。何しろ、公女様のわがままを助長させているのは、公爵様ですから。

言っておきますけど、公女様は平民出の私にもきつく当たってきます。公爵様の執務補佐をしているので、他の者よりはマシですが……」

イザークの口から聞かされる数々の出来事は、ユリシスにとって初めて耳にするものが多かった。仕事で家を空けることが多く、領地に行っている間はイザベラがこの屋敷の主人のようなものだ。誰もイザベラには逆らえず、涙を飲んでいたらしい。

「何という……ことだ」

ユリシスは頭を抱えた。

言われて思い当たったことがあった。ユリシスには侯爵家の娘である婚約者、アンジェリカ・リンドールがいるのだが、彼女はイザベラを毛嫌いしている。それにイザベラの婚約者である第一王子も、イザベラには冷たい。もし、それがイザベラの悪評によるものだとしたら……。

「俺の……せいだな」

ユリシスは髪を搔《か》き乱し、これまでの己の行動を反省した。早くに両親を亡くしたことで、ユリシスは公爵家を守ることに心血を注いできた。その間、歳の離れた妹に手をかけなかったのは間違いようのない事実だ。叔母《おば》にイザベラの教育を任せ、自分はほとんど関わってこなかった。父母を亡くし哀れに思い、イザベラのわがままを何でも聞いていたのも原因のひとつだろう。

「公爵様。まだ取り返しはつきます」

ショックでうつむいていたユリシスを勇気づけるように、イザークが言う。

「公女様はもうすぐ十六歳。アカデミーに入る前なら、矯正可能だと思います。先ほど悪役と言いましたが、アカデミーに入ることで、悪役令嬢……いえ、破滅への道筋が出来てしまうんです」

イザークにそう言われ、ユリシスも気を取り直した。間違いがあったなら、それを正さねばならない。イザベラは根は悪い子ではなかった。父母が生きていた頃は、可愛い妹だったはずだ。

「そうだな……。それで、もっと詳しく聞かせてくれ。何故イザベラが処刑され、俺が反旗を翻すんだ？」

肝心の部分を知ろうと、ユリシスは身を乗りだした。

「はい。お教えします。そのようにして育った公女様ですが、アカデミーに入り、魔法の勉強をなさいます。アカデミーには一年先に入学した第一王子がおられます。王子は公女様に冷たく、性格の悪い彼女を毛嫌いしています」

第一王子に毛嫌いされていると言われ、ユリシスは内心腹立ちを覚えた。可愛い妹を嫌うなんて、第一王子といえども許せない。

「公爵様、お怒りはもっともですが、最後までお聞き下さい。王子は派手なメイクとか髪形の女性が好みではないのです。王子の好みは清楚《せいそ》で男を立てるような女性です。アカデミーには聖女候補の平民出の女性も入学します。この女性は王子の好みドンピシャの清楚で男を立てる系です。公女様も聖女候補となりますので、二人はライバルというわけですわけです」

「待て。イザベラは魔力が少ないぞ」

聞き捨てならなくて、ユリシスはイザークを止めた。イザベラは小さい時に神殿に行っており、水魔法の素質はあるが、魔力が少ないと判定されている。聖女になるのは水魔法の治癒魔法に長《た》けた者か、光魔法の素質がある者のみだ。

「はい。実は公女様は水魔法の治癒魔法が少しお出来になるのです。それが最初の試験で明らかになり、聖女候補になりました。魔力は少ないのですが、権力を用いて聖女候補に名乗りを上げます」

イザベラに治癒魔法が使えると知り、ユリシスは驚いた。水魔法の家系なので、ありえない話ではない。水魔法を極めて上位魔法の氷魔法を使えるユリシスだが、治癒魔法に関してはまったく使えない。昔、師から治癒魔法だけは回路が違うと言われた。

「もう一人の聖女候補ですが、光魔法の使い手で、平民出ですが優しく可愛らしい女性」

……という設定になっております」

「設定って何だ」

ついユリシスが突っ込みを入れると、イザークが咳払《せきばら》いする。

「すみません。会ったことはありませんが、そういう女性というのを知っているだけです」

「なるほど。予言の力で知ったというわけだな？」

ユリシスは感心して言った。光魔法を使える者は希少な存在だ。聖女になるのも頷ける。

「ともかく、そういった娘がアカデミーに現れ、第一王子の心を射貫《いぬ》きます。いえ、実は射貫くのは王子だけではなく、他にも四人ほど恋のお相手になる可能性がある者がいます。そのうちの一人が、公爵様です」

「は？」

ユリシスはつい笑ってしまった。

「何で俺が妹ほど歳の離れた娘と恋に落ちる？　俺のような嫌われ者を好きになるわけがないだろう。第一俺にはアンジェリカがいる。平民出の娘と恋を語るほど、己を見失ってはいないぞ」

ユリシスが笑ったのも当然だ。パーティーに出席するだけで目の前に開けた空間が出来るほど嫌われているのだ。そもそも公爵家を継いだ自分は、それにふさわしい家格の女性を迎えなければならない。アンジェリカは侯爵家の令嬢で、家格的に申し分ない。

「その娘が公爵様ルート……いえ、公爵様を好きになった場合、アンジェリカ様との婚約は破棄されます。意味が分からないと思いますが、その場合、その娘を気に入らない公女様とアンジェリカ様が結託して彼女を虐《いじ》めたり暗殺しようとしたりします。恋に落ちた公爵様はそれに怒り、二人を国外追放処分にさせます。その娘が公爵様に惚《ほ》れた場合、枝分かれの人生がいくつかございまして、そのうちのもっとも危険な人生が、王子とその娘を争う場合です。あと公爵様は嫌われてなどおりません」

「………」

ユリシスは滑らかに動くイザークの口を冷めた目で眺めた。予言者ということで真面目に聞くつもりだったが、話が荒唐無稽《こうとうむけい》になってきた。

「王子と争う場合、国王とも対立して、公爵様はこの国自体を乗っ取ろうとなさいます。このルートの分岐が結構大変で……。国王が腐敗していると憤った公爵様は、クーデターを起こそうとする一派と知り合い、彼らと結託して君主になります。公爵様には王家の血が流れておりますので……それが可能だったわけです」

誇大妄想としか思えない話を聞かされ萎《な》えていたユリシスも、イザークに王家の血と言われ、目を瞠《みは》った。

「何故それを知っている？　お前はそれを知る立場にないはずだが」

ユリシスの声がぴりついたのも仕方ない。ユリシスの祖父は王弟だった。だが、王家の血筋というと現体制を脅かす危険性があるので、婚姻はあまりおおっぴらに公表されなかった。ユリシスやイザベラに王家の血が流れているのは、古参の貴族は知っているが、表立って言ってはならないことになっている。王子の婚約者にイザベラが選ばれたのも、王家の血筋を引いているのが理由の一つだった。貴族ならまだしも、イザークのような平民出が知る由もない話だ。

「公爵様。私は予言の力で知っていることが多いのです。この先の運命はいくつにも枝分かれしております。公爵様が君主になる場合、今日お会いになった氷細工師の男がクーデターを起こそうとしている一派の者だとのちに分かります」

「あの男が!?」

いきなり爆弾発言を受けて、ユリシスは絶句した。確かに妙に頭の回る男だと思っていた。第二王子の持っていたガラスの城の形容を知っていたのも怪しかったし、自分に恩を売ってきたのも意味があったのか。

「はい、彼は国王に恨みを抱いており、王家を滅ぼそうとしております」

イザークが一段と声を潜めて言う。

「何ということだ……そのように危険な人物が王宮に出入りしていたとは」

ユリシスが頭を抱えると、イザークが同情気味に見つめてきた。

「だが、いくらそういう輩《やから》と手を組もうと、現体制が揺らぐわけがないだろう。騎士団の強さは俺もよく知っている。俺の持つ私兵をすべて注ぎ込んでも、敵《かな》うわけがない」

疲れを感じつつユリシスが言うと、イザークがため息をこぼした。

「はい。ですから、その場合、公爵様は魔族と知り合いになります」

「魔族ぅ!?」

ユリシスが大声を上げたのも無理はない。南方には魔族と呼ばれる亜人《あじん》がいて、人間とは距離を取って暮らしている。魔族は魔法に長け、人より強い力を持っている。だが、日の光に弱く、聖女の結界の中には入れない。王国には現聖女が結界を張っている。この結界は魔物を遠ざける力がある。

「その魔族とは、氷細工師の男です。ガンダ国出身と表向きには言っております。そのお方には他にも複雑な設定が……」

「あの男が！　魔族!?」

氷細工師の男の裏の顔が明らかになり、ユリシスはくらくらした。情報過多で処理できない。氷細工師は王家に仇《あだ》なすために王宮に入り込んでいたのか。

「魔族が何故……、そうか、結界がほころんでいるんだな」

思い当たる節があって、ユリシスは手を組んだ。現聖女は神殿にいるが、御年七十とかなりの高齢だ。年齢のせいで力が衰え、ユリシスの領地でも魔物が境界線を越えて村人を襲う事件が起きている。それもあって神官たちは新しい聖女候補を探している。聖女の作る結界がないと、魔物がはびこり、魔族が人に交じっていく。魔族は血に飢えた恐ろしい獣と言われているので、人々は恐れている。

「公爵様は魔族がすべて悪い者ではないと擁護し、魔族と共に生きていく王国づくりを目指します。これが一番私の好きなエンディング……いや、理想の人生ですね」

どこか懐かしそうな顔でイザークが言う。

概要を聞き終わり、ユリシスはどっと疲れた。これらがすべて予言だとしたら、絶望しかない。すべてを受け入れるのは無理だが、何となく理解できたことがある。

「つまり――俺がその娘に恋をしないで、イザベラもまともになればいいんだろう？」

イザークがあれこれ言ってきたことを精査すると、危険な道には進まないほうがいいと判断できた。これらはすべて未来に起きる出来事なのだ。だとしたら、まだ回避する方法はあるはずだ。

「そうです。私としましては、まず公女様の性格を矯正なさるのをお勧めします。このままいくと、アカデミーで公女様が王子に嫌われるのは確定です」

力を得たようにイザークが言う。

「分かった……いや、ちゃんと分かってないかもしれないが、ともかくざっくりとは理解した。頭が疲れた、今日はもう仕事は終わりだ」

ユリシスはイザークを追い払うように手を振った。イザークは不安そうにこちらを見やり、しぶしぶ腰を上げた。失礼しますと去っていくイザークを見送り、ユリシスはふーっと大きな息をこぼした。

悪役令嬢とかクーデターとか、魔族とか、君主になるとか……。途方もないほら話を聞かされ、頭が重い。戯言《ざれごと》を抜かすなと笑い飛ばせればどれだけいいか。戯言と言い切るには、納得いく点が多すぎる。何よりイザークは五年の間、自分につき添って働いてくれた信頼できる部下だ。イザークに助けられた多くの出来事があり、今さら自分を陥れるとは思えない。イザークがいつ予言者として目覚めたのか知らないが、未来を知れたのは大きな財産だ。

（イザベラ……お前を絶対に守る）

これから自分の身に起きる出来事や、妹の身に振りかかる災い、それらがすべてイザークの言った通り本当に起きる出来事なら、早めに手を打たねばならない。

ユリシスはまんじりともせず、天井を見上げていた。

2 妹矯正

翌日早朝に目を覚ますと、ユリシスは呼び鈴を鳴らした。すぐにメイドが飛んできて、ユリシスの朝の身支度を手伝う。

昨夜は一晩かけてイザークの話を吟味した。領地の問題なみに頭の痛い話だ。イザークの予言が真実であろうとなかろうと、その懸念があるなら回避する方向に舵《かじ》を取るしかない。

身支度を整えると、ユリシスは早速イザベラの部屋を訪ねた。イザベラの部屋は二階の南側にある。扉をノックすると、すぐにメイドが扉を開けた。

「公爵様、ど、どうなさいましたか？」

早朝からユリシスがイザベラの部屋に来るのは珍しく、メイドは唖然《あぜん》としている。奥の部屋ではイザベラの髪を梳《と》かしているメイドがいて、その手が少し震えている。

「入るぞ」

ユリシスはドアを大きく開け、勝手に中に入った。奥の部屋にいたイザベラが「誰、勝手に入るなんて!?」と金切り声を上げる。だがユリシスが顔を出すと、イザベラの勢いは一瞬にして消え去り、鏡台の前にパッと立ち上がり、おどおどした様子でこちらを見る。

「お、お兄様……？　どうかなさいましたか？」

イザベラの豊かな銀髪にはロールが巻かれている。ブラシを持ったメイドの手が腫《は》れているのが気になった。

「イザベラ。地味だから派手にするよう言ったその髪形だが……、巷《ちまた》ではあまり受けがよくないようだ。即刻やめろ」

じっくりとイザベラを眺め、ユリシスは言った。イザベラの目が点になる。代わりにメイドたちの表情が明るくなり、涙目で『感謝』と訴えられる。後日知ったのだが、縦ロールと呼ばれる髪形は整えるのが非常に大変だったらしい。

「そ、そうなの……ですか？」

イザベラはひたすら戸惑っている。

「ああ。それに化粧も濃くする必要はない。アレクシス様の好みには合わないようだ」

ユリシスが圧をかけて言うと、さらにメイドたちがこくこく頷《うなず》く。メイドたちもイザベラに濃い化粧はよくないと思っていたのだろう。

「そ、そう……ですか。分かりました……」

イザベラは納得いかない様子だったが、兄に逆らうような妹ではない。ユリシスがメイドを促すと、目の前でイザベラの身支度が整えられていく。さらさらの銀髪を肩に垂らし、口に紅だけ差した姿だ。公爵令嬢だし派手なほうがいいと思っていたが、こうして見ると、素顔に近いほうがイザベラの美少女ぶりが引き立つ。

「今日は妃教育で登城する日だろう？　俺も仕事で用がある。一緒に登城しよう」

腕組みをしてイザベラを見下ろして言うと、「は、はい」とかしこまった様子で頷く。

「お兄様と一緒で嬉《うれ》しいです」

イザベラは妃教育で週に一、二度登城しているが、ユリシスが城に用がある時も、毎回別の馬車で向かっていた。同じ馬車に乗らない理由は簡単で、馬車の中でイザークと仕事をしたいからだ。だがイザークにいろいろ言われ、イザベラに対しての態度に問題があるかもしれないと思った。なるべくイザベラとの時間を持つべきだ。

「そうか、朝食がすんだら、馬車で待っていなさい」

イザベラの支度が整ったのを眺め、ユリシスはそう告げた。ユリシスは朝はほとんど食べず、せいぜいお茶を飲むくらいだ。少し空腹のほうが頭は回るので、いつもイザベラはひとりで朝食をとっている。

イザベラの部屋を出て、ユリシスは執務室へ向かった。

ユリシスが朝から溜《た》まっていた書類仕事をしていると、ややあってノックの音と共にイザークが入ってきた。

「公爵様、先ほど公女様を拝見しました。ものすごく良いと思います！」

イザークは珍しく興奮した面持ちで机に向かっているユリシスに迫ってきた。どうやら別人のようになったイザベラを見たようだ。

「お前の言う通り、ふつうにしていたほうがイザベラは目を惹《ひ》くようだ。俺としては派手な髪形も捨てがたいのだが……」

「絶対、絶対、今のほうがいいです！」

イザークに怖いくらい力説されて、ユリシスは身を引いた。

「そ、そうか。お前がそこまで言うなら、そうなのだろう……。ところであれから俺も考えたのだが、真実は分からないが、お前のいう未来が起きてしまうのを防ぐためにも、しばらくはお前の指示通りにしようと思う」

ユリシスが改めて言うと、イザークがホッと胸を撫《な》で下ろす。

「賢明です。信じてもらえないのではと思い、今まで黙っておりましたが、公爵様の今後を考えるとどうしても今止めなければと」

イザークはユリシスから渡された書類を受け取り、嬉しそうに言う。

「それで、疑問に思ったのだが、何故お前はここで働いている？」

サインを入れた書類を横に置き、ユリシスはじろりとイザークを見据えた。

「は……？」

きょとんとした顔でイザークが固まる。

「これだけ未来を知っているなら、予言者として世に名を売ることも可能だったはずだ。お前の魔法具だって、その辺の知識から取り入れたものなのだろう？　わざわざ俺の下で働く意味があるか？」

ユリシスはイザークの真意を測るように低い声を出した。

そうなのだ。考えれば考えるほど、イザークが自分の下で働く意味が分からない。未来が分かるなら予言者として神殿に所属することも可能だったはずだ。王立アカデミーで首席だったし、イザークはどんな道も選べた。そもそもイザークの言う通りの未来が起こるなら、公爵家にいたら危険に巻き込まれるだけだ。しいてここにいる理由を考えるとイザークが平民だというくらいだが、予言者になれるのなら、爵位など必要ない。生涯、神殿で保護してもらえるからだ。

「あー……、そう、ですね」

イザークは急に歯切れの悪い口調になり、視線を逸《そ》らした。

「お前はこの情報を別の奴に売る選択肢もあったはずだが？」

畳み込んでユリシスが言うと、イザークは何故か頰を赤くした。

「えー……、実は、前世の話をしましたが、私は……前世、女性でして」

言いづらそうにイザークが言い出し、ユリシスは眉《まゆ》を顰《ひそ》めた。前世の話は聞き流していた。

「予言者ともなると、今の人生より昔の人生についても覚えているものなのか？　そもそも俺は生まれ変わりなど信じてないが」

イザークの言い分が吞《の》み込めず、ユリシスは首をかしげた。

「理解しづらいですよね。ざっくばらんに申しますと……あの、私の推しがユリシス様なのです！」

急に大声で言われ、ユリシスは目を丸くした。イザークを信頼しているが、ファーストネームを呼ぶ許可を与えたことはない。そもそも推しとは何か。

「お前……」

「すみません！　何を言っているか分からないと思いますが、ともかく私は公爵様の役に立ちたくて近づきました！」

やけくそのようにまくし立てられ、ユリシスはぽかんとした。

「理解不能だな。まさか俺のことが好きだとでも言うのか？」

ユリシスが苦笑して言うと、イザークがみるみるうちに真っ赤になった。イザークとは長年仕事を共にしているが、こんなふうに顔が赤くなるのを見たのは初めてだった。奇妙この上ない。ユリシスは呆《あき》れて咳払《せきばら》いした。

「イザーク、俺はお前に対してそのような感情を持ったことは」

イザークが誤解しては困るので、ユリシスはあらかじめ釘《くぎ》を刺そうとした。すぐにイザークは顔の前で大きく手を振り、一歩後ろへ退いた。

「分かっております！　私は今生、男性として生まれてきましたので、公爵様の気持ちはよく分かっております！　ご安心下さい。そのような懸想はしておりません。何と申しますか憧《あこが》れというか……役に立ちたいだけですので！」

イザークが必死に言い募り、ユリシスも憧れと言われ、納得した。アカデミーにいた頃も、魔力が膨大で、剣の腕が立つユリシスを尊敬する下級生はいた。イザークに何か別の下心でもあるのではないかと疑っていたが、そういうことなら納得いく。冷たくて恐ろしいと女性には嫌われる自分だが、男から尊敬の念を抱かれることはよくある。

「そういうことなら役に立ってもらおう。この後、イザベラと登城する。第一王子とも会うつもりなので、お前も同行しろ」

書類仕事を再開して、ユリシスはそう申しつけた。イザークも顔を引き締めて頷く。

いくつかの仕事を終えると、執事のキンバリーがノックと共にやってきて、「馬車の支度が整いました」と言った。キンバリーは先代の頃からユリシスに仕えてくれている執事で、六十代後半の男性だ。

「分かった」

ユリシスは書類を整理して、椅子から立ち上がった。執事は登城する際に着るマントを持ってきて、ユリシスの服に装着する。ユリシスはイザークと共に執務室を出て、そのまま正面玄関へ向かった。

正面玄関の前には華美な造りの四頭引きの馬車、護衛騎士のニースたちが待機していた。イザベラはすでに馬車の中に乗り込んでいる。ユリシスが馬車に近づくと、御者が急いで扉を開けた。

「待たせたな」

ユリシスが乗り込んで言うと、イザベラが「いいえ、とんでもございません」と首を横に振る。その顔が、後から乗り込んできたイザークに気づき、ぎょっとなった。

「お兄様、家紋入りの馬車にその者を乗せるのですか⁉」

イザベラは明らかに不快という顔つきでイザークを睨《にら》んでいる。公爵家には数台の馬車があるが、中でも家紋入りの一級品の馬車は登城する際か、パーティーに行く時にしか使わない。イザベラは平民をこの馬車に乗せるのが不満のようだ。

「何か文句があるのか？」

ユリシスは腕を組み、圧を加えてイザベラを見下ろした。とたんにイザベラは目を泳がせてうつむく。御者が馬に鞭《むち》を入れ、静かに馬車が動き出した。

「公爵様、公女様に対して、もう少し兄らしい態度で接してはどうでしょうか」

重い沈黙を気にしてか、ユリシスの隣に座ったイザークがこそっと耳打ちする。

「む？」

自分の何が悪いのか分からず、ユリシスは眉を寄せた。

「公女様が萎縮しておられます。もっと甘えられるように、優しく」

こそこそ言われ、ユリシスはイザベラを見やった。イザベラは少し青ざめた表情で下を向いている。確かに威厳ばかり気にして、イザベラに優しくした記憶があまりない。

「……イザベラ」

咳払いしてユリシスはイザベラを見つめた。

「は、はいっ」

イザベラがパッと顔を上げる。

「俺はイザークを信頼している。イザークを馬鹿にすることは、すなわち俺を馬鹿にすることに繋《つな》がる。分かったら、イザークに対する態度を改めるように」

ユリシスが落ち着いた声音で言うと、イザベラは目を見開いた。

「で、でもその者は平民ではないですか？　平民なのに、いいのですか？」

心底分からないと言わんばかりにイザベラに聞かれ、ユリシスもふうとため息をこぼした。我が妹がこれほど階級主義だったとは知らなかった。

「平民であろうとなかろうと、能力が高い者を俺は信頼している。イザークの価値は、貴族十人分の価値はあるのだ。覚えておきなさい。それにイザークは予言――」

ユリシスが予言者であることを明かそうとすると、横にいたイザークが「公爵様、それは内密に」と慌てて遮ってくる。イザークは自分の能力を秘しておきたいようだ。

「そうなの……ですか。でも叔母《おば》様は……」

イザベラは困惑したそぶりで、ぶつぶつ言っている。

「ところでお前はメイドたちに手を上げているようだな？　淑女たるもの、暴力に訴えるのは感心しない。叱りつけるのは口で済むだろう。もしメイドが目に余る行為をするなら、俺に言え。即刻解雇する」

ユリシスがメイドの手が腫《は》れあがっているのを思い出して言うと、イザベラは頬を赤くして唇を噛《か》んだ。

「……はい」

納得いかないようだが、イザベラはしゅんとして答えた。

優しくしろと言われたものの、結局イザベラに対して説教まがいの話しかできなかった。甘えられるようにするにはどうすればいいのだろうと悩んでいるうちに、馬車は城に繋がる跳ね橋を渡る。

橋のたもとで、門番に通行許可証を見せ、馬車は城内へ入った。

馬車留めのところで御者が飛び降り、扉を開ける。先にイザークが降り、次にユリシスが降りてイザベラに手を差し伸べた。イザベラは優雅な足取りでユリシスの手を取り、馬車から降りる。イザベラは小さい頃から妃教育をされているのもあって、美しい所作をしている。

「ユリシス」

王宮の薔薇《ばら》園の通路を歩いていると、背後から声がかかる。振り返ると、第一王子のアレクシスが礼服を着て立っていた。アレクシス王子は金髪に青い目、すらりとした背恰好《かっこう》に王妃に似た端整な面立ちをしている。現在十六歳だ。

「アレクシス様に拝謁いたします」

ユリシスはアレクシスに近づいて、一礼した。にこやかな笑顔で近づいてきたアレクシスはユリシスがエスコートしていた女性を見て、びっくりする。

「王子殿下、お目にかかれて嬉《うれ》しいです」

イザベラが頬を染めてドレスの裾《すそ》を持ち上げる。

「え……。イザベラ……か？　見違えたぞ。誰かと思った」

アレクシスはイザベラをまじまじと眺めて言う。

「そのほうがいいではないか。いつものそなたは……何というか、敬遠したくなる感じだったが」

ぽろりとアレクシスの口から本音が出て、イザベラが喜んだりショックを受けたりと忙しい。敬遠したくなると言われ、ユリシスは肝を冷やした。アレクシスはユリシスの能力の高さを買って慕ってくれるが、妹にはあまり熱心ではないと気づいてはいた。だが実際はそれ以上に煙たがられていたらしい。王子として露骨に態度に出していなかっただけだったのだ。

「イザベラがあのように派手にしていたのは、私のせいなのです。公爵家の令嬢として、舐《な》められてはいけないと思い」

ユリシスがフォローするように言うと、アレクシスが思わずといったように噴き出した。

「そうだったのか？　イザベラ、そなたはふつうにしていたほうがいいと思う。私はあまり化粧が濃いのは好みではない」

「王子……」

アレクシスに微笑みかけられ、イザベラの頬が紅潮する。ユリシスの腕に絡んでいるイザベラの身体が熱くなっているのが分かり、ユリシスも微笑ましく思った。それにしてもイザークに言われなければ、妹をアレクシスの苦手とする女性に育て上げるところだった。

「妃教育で来たのだろう？　よければ母上のところまでエスコートしよう」

珍しくアレクシスがそう申し出て、イザベラは天にも昇る心地でユリシスを振り返った。ユリシスは苦笑して、イザベラをアレクシスに預けた。

「のちほど、国庫の件で伺います」

ユリシスはアレクシスにそう告げて、二人と別れた。人気のない庭園を歩きつつ、ユリシスは後ろで控えていたイザークを見やる。

「お前の言っていた通りだったな……イザベラの見た目が変わっただけで、急に態度が変わったぞ」

苦々しく思いつつユリシスが言うと、イザークも額に手を当てる。

「そうですね……。あの年頃の男子としては致し方ないかと」

イザークも露骨に態度を変えたアレクシスに呆《あき》れている。

「氷細工師の男については、陛下に進言しないほうがいいと思うか？」

ユリシスは昨夜から悩んでいた点をイザークに問いかけた。クーデターを企《たくら》んでいる一派がいるなら、国王に進言すべきだが、王宮に出入りする者に関して身元調査は行われたはずだし、下手なことを言い出して問題になっても困る。

「それは公爵様がこの先どうしたいかによるかと。君主の道へ進みたければ、味方になる者たちでございます。私としては進言しないでほしいですが」

イザークは声を潜めて言う。

「俺次第ということか？　俺が一番譲れない点は、イザベラが幸せになることだ」

ユリシスは歩きながらきっぱりと言った。イザークが驚いたように目を瞠《みは》る。

「父母亡き後、妹に苦労をさせないために手を汚すことも厭《いと》わなかった。お前の言う破滅への道は絶対に認められない。そもそもアレクシス様との婚約だって、イザベラがどうしてもというから望んだだけだ。妹を袖《そで》にするような男だと知っていたら、絶対に許さなかった」

ユリシスが目を眇《すが》めて言うと、イザークが頭を掻《か》く。

「公爵様がそこまで公女様を大事に思っているとは知りませんでした。でしたら、何故いつもあのように威圧的な態度を？　とても愛する妹にする態度とは思えません。現に公女様は公爵様の前では萎縮なさっております」

イザークに不思議そうに聞かれ、ユリシスは驚いた。

「俺が威圧的な態度を？　いつ？」

ユリシスが面食らって言うと、イザークが逆にあんぐり口を開ける。

「気づいておられなかったのですか？　公女様と話す時は腕組みをして、こう恐ろしげな目つきで見下ろしているではないですか」

イザークに立ち止まって聞かれ、ユリシスは「俺の目つきが悪いのは生まれつきだ」と眉根《まゆね》を寄せた。

「それにしてももっと微笑みかけるとか、あるでしょう？　公女様の他人に対する態度を知らないんですか？　はっきり申し上げて、公爵様の前とメイドの前では別人くらい態度が違いますよ？」

「別人とは言いすぎだろう」

ユリシスが鼻で笑うと、イザークが大げさにため息をつく。

「分かりました、まだ公女様の駄目な点が分かってないようですので、屋敷に戻ったらお教えします」

決意を秘めた表情で言われ、ユリシスは適当に相槌《あいづち》を打った。確かにメイドを扇子で叩《たた》くなど、淑女としてはよくない点も見られる。よほどメイドが生意気な態度でもとったのだろうと思っていた。だが、ユリシスはこの日、自分がとんでもない思い違いをしていたことに気づいた。

その日は国庫の件で王家の者と大臣たちで話し合いが行われ、イザベラと共に屋敷に帰宅したのは夕刻だった。

馬車の中で、イザベラはアレクシスから優しくされたと珍しく上機嫌だった。

帰宅して夕食をとり、イザベラが部屋に戻った後、イザークがユリシスに近づいてきた。イザークは住み込みで働いていて、離れに寝泊まりしている。食後、執務室で仕事をこなしていたユリシスは、イザークに「ついて来て下さい」と言われ、しぶしぶ腰を上げた。

「ここは……イザベラの隣の部屋か？」

イザークがユリシスを連れてきたのは、イザベラの隣室で今は使ってない空き部屋だ。イザークは唇に人差し指を当てて、壁に誘《いざな》った。

「ここの壁は薄いので、公女様の部屋の会話が聞こえると思います」

何故そんなことを知っているのかと問いたくなったが、イザークに言われるままに、ユリシスは壁に耳を当てた。すると、イザベラの金切り声が聞こえてくる。

「まだ出来ていなかったの!?　アレクシス様に差し上げる刺繍《ししゅう》なのよ！　ホントにお前は手が遅いわね！　しかもこんな地味な糸を使って！」

イザベラの声の後に、バンと何かを叩きつける音が聞こえる。それと同時にメイドの悲鳴が上がり、泣き声がする。

「も、申し訳ございません……っ、仕事もありましてこれ以上早くは作れず……」

「口答えする気!?　お前なんかすぐにクビに出来るんだからね！　ああもう、次の登城までには絶対に作り上げなさいよ！　それがこなせなかったら、お前はクビよ！」

「そ、そんな……っ」

泣き崩れるメイドの声と、イザベラのヒステリックな声、ユリシスは聞くに堪えがたく、壁から耳を離した。会話から察するに、イザベラは刺繡をメイドにやらせているらしい。

「待て、以前俺にくれたハンカチの刺繡はまさか……」

ユリシスは頭痛を覚えてイザークを仰いだ。

「メイドの作品です」

「自分で丹精込めて作ったと言っていたぞ⁉」

呆れてユリシスが声を上げると、イザークが「しっ」と壁から引きはがす。ユリシスは騙《だま》されていた苛立《いらだ》ちで、このままイザベラの部屋に押しかけようとしたが、それをイザークは必死に引き留める。

「公爵様。これはほんの一例です。公女様はこのようにメイドの手柄を自分のものと偽って、強者には媚《こ》び、弱者は蔑《さげす》む、とんでもなくわがままで性格の悪い女性に仕上がっております。この他にも、ブラシで髪を梳《す》いていた際に少し髪を引っ張られただけで扇子で手首を強く打たれますし、少しでも可愛いメイドがいると、気に食わないと平手打ちなさいます。ですがそれらは公爵様がいない時ばかりです。公女様は平民を見下していまして、どんな無体をしようが構わないとお思いです」

イザークが明かした事実に、ユリシスは眩暈《めまい》がした。最初イザークがわがままな令嬢とイザベラのことを言っていた時も、まさかここまでひどいと思っていなかった。暴力に訴えるとしても、相手に非があるとばかり思っていた。

「何故今まで知らせなかったのだ？」

ユリシスが空き部屋から出て言うと、イザークが首を横に振る。

「公爵様のほうが恐ろしいので……。皆、貴族とはこういうものだと思い、耐えているのです。実際公爵家の使用人の賃金は他より高く、手当ても厚いです。公女様のわがままを耐えるだけで生活が成り立つならと、皆思っているのです」

自分の屋敷内なのに知らない事実が明るみに出て、ユリシスは気落ちした。これからは屋敷内で起きた出来事は逐一報告させなければならない。

「実は、少し不思議にも感じていたのです。公爵様は平民でも有能な者なら重用なさいますよね？　それなのに、どうして公女様はこうも平民を足蹴《あしげ》にするのでしょう」

イザークは首をかしげる。

「執事を呼べ。いや——俺が出向こう」

自分に誠心誠意尽くしてくれている執事は何故黙っていたのだろうと気になり、ユリシスはその足で執事の部屋を訪れた。王都にあるこの公爵家のタウンハウスには、使用人専用の部屋がある。使用人たちは地下か一階に部屋を割り当てられているのだが、執事だけは特別に二階に部屋を宛《あて》がっていた。

「これはユリシス様。どうかなさいましたか？」

てっきり就寝したと思っていたのか、執事は突然部屋を訪れたユリシスにびっくりする。すでに寝間着に着替え、寝ようとしていたところらしい。

「少し聞きたいことがある」

急いで着替えようとした執事をそのままでいいと命じ、ユリシスは執事の部屋に入った。執事の部屋はベッドとクローゼットと鏡があるだけの簡素な部屋だ。執事は生涯独身と宣言していて、ユリシスのために働いている。

「実は今、イザベラの様子を窺《うかが》ったのだが……」

ユリシスはドアの前で立っているイザークをちらりと見やり、執事にイザベラの話をした。執事は特に驚いた様子もなく、淡々としている。

「お前も知っていたのか、イザベラのひどいふるまいを」

ユリシスが腕組みをして言うと、後ろから「その腕組みはよしたほうがいいかと」と突っ込みが入る。腕組みが癖になっていたと気づき、ユリシスは腕を解いた。

「おそれながら、閣下。イザベラ様のあの態度は今に始まったことではございません。ここではイザベラ様に誰も逆らえませんので……むしろ、閣下がそれをお許しになっているとばかり思っておりました」

「俺が!?」

ユリシスが声を荒らげると、執事が身を低くする。

「シャルドネ夫人もそうおっしゃっていましたので……」

執事の口から出てきた名前に、ユリシスはこれまでの疑問が一気に解消された思いになった。

「そうか……、叔母上《おば》のせいか」

ユリシスは顔を歪《ゆが》め、宙を見据えた。

シャルドネ夫人──先代公爵の妹である彼女は、両親を亡くしたユリシスたちに手を差し伸べてくれた。母親のいないイザベラを哀れに思い、自分が母親の代わりになると申し出たのだ。あの頃は公爵としての仕事をするので手一杯で、ユリシスは感謝してシャルドネ夫人に便宜を図った。公爵家の金でイザベラのものだけでなく、シャルドネ夫人のドレスやアクセサリーも購入していたのは知っていたが、それくらい構わないと思っていた。

「叔母上が来るのは、明日だったな？」

イザベラにはダンスや音楽の教師がついているので、名目上シャルドネ夫人にはテーブルマナーや社交界での振る舞いについて教えてもらっている。とはいえ、妃教育を受けているイザベラにとって、今さらシャルドネ夫人の教えは必要ない。毎週、週の半ばに来るが、基本的にお茶をして帰るだけだ。

「はい」

「分かった」

ユリシスは執事の部屋を去り、重い足取りで階段を上がった。イザークはシャルドネ夫人の存在をあまり知らなかったらしく、「なるほど、そういう裏設定が」と呟《つぶや》いている。

（イザベラはいつからあんなことを？）

ユリシスはうつろな眼差《まなざ》しで頭を抱えた。仕事にかまけすぎて、大事な妹を放置していた自分をひどく反省した。まだ間に合うだろうかと、神に祈る思いで部屋に戻った。

次の日、ユリシスは執務室で仕事をこなしながら、シャルドネ夫人が来るのを待っていた。執事がシャルドネ夫人の来訪を告げたのは、午後三時頃だった。今日は野外でのティーパーティーのマナーについて教えるそうで、庭の一角にテーブルと椅子をセッティングして、軽食を用意させた。

テーブルセットの横には高い生け垣があって、ユリシスはそこにイザークと身を潜めてシャルドネ夫人とイザベラの会話を聞くことにした。

イザベラにシャルドネ夫人が悪い影響を与えているなら、注意しなければならないと思ったのだ。ユリシスが待ち構えているとも知らず、二人は執事に案内され、席についた。生け垣の隙間から覗《のぞ》くと、シャルドネ夫人はピンク色の歳に似合わぬ派手なドレスとアクセサリーをじゃらじゃらつけている。イザベラは着席の仕方や食事のとり方など特に問題なく、シャルドネ夫人が何か教えているような様子もない。シャルドネ夫人は侍女にお茶を淹《い》れさせ、「いまいちね」と嫌みを言っている。

「ところでイザベラ。髪形を変えたのね。私は前のほうがよいと思うわ」

お茶を飲み始めると、シャルドネ夫人が難癖をつけ始めた。

「え……でも、叔母様。こちらのほうが王子はお好きなようなのです」

イザベラはユリシスに対するのと同じような気弱そうな声だ。

「まぁ、あなた。そんなふうに男のいいなりになっては駄目よ。あなたはいずれ王妃となる女性よ？　国母となる身なのだから、自分らしさを主張しなければならないわ。強気でいかなければ駄目よ」

「でも……」

イザベラが言葉を濁した時だ。ぴしっと音がして、イザベラが息を呑《の》む気配がした。何が起きたか分からないが、音からして、シャルドネ夫人が扇子を何かに叩《たた》きつけた音だと察した。

「私に口答えなさらないで。あなたを育てた母も同然の私に逆らう気？」

冷ややかな声が聞こえて、ユリシスはすっと血の気が引いた。シャルドネ夫人の声は慣れていて、イザベラに対していつもこういう態度をとっていたのだと分かったからだ。

「も、申し訳……ありません」

イザベラの声が低くなる。

「あの……叔母様、平民とは口を利くべきではないとおっしゃっていましたよね？」

弱々しい声でイザベラが問う。

「当たり前でしょう。平民は人間ではないの。あなたは獣と会話する？　公爵家のメイドには平民も多いのよねぇ。信じられないことだわ。私が使用人に対する全権を与えられたらすぐに解雇するのに。あなたの母親が亡くなってからだいぶ経つというのに、どうしてユリシスは私に女主人としての裁量を与えてくれないのかしら？　あなたから頼んでもらえた？」

シャルドネ夫人は聞くのも堪えがたい話をしている。何で叔母に女主人としての裁量を与えなければならないのか理解に苦しむ。

「それは……言ってみましたけど、話にならないと言われて……。叔母様、でもお兄様は平民のイザークを重用なさってます。イザークは貴族十人分の価値があるって」

「何てことを言うの！」

急に茶器が倒れる音がして、イザベラとメイドが息を呑んだ。

「あの住み込みで働いている男のことね？　まったくこれだから……ユリシスは貴族としての心得がまだ足りないようね。いい、イザベラ。平民というのは私たち高貴な血のために存在している雑草のようなものよ。雑草がなければ薔薇《ばら》の美しさは分からないでしょう？　あのイザークという男は少し学があるからって、私たち貴族と同等だと勘違いしているのかもしれないわ。ユリシスに何か吹き込んでいるのかも」

ユリシスは頭痛を覚えて頭を押さえた。イザークはあまりの悪口に呆《あき》れている。

「お兄様に……？　そういえば親しげでした」

「口の上手《うま》い者はいるのよ。ユリシスは社交的とは言い難いからそういうのにすぐ騙《だま》される。いい、イザベラ。あなたの両親が亡くなった後、あなたに親身になって寄り添ってあげたのは誰かしら？」

「……叔母様です」

「そうね。ユリシスはほとんど王都にいなくて、以前は私も週のほとんどをこちらで過ごしていたくらいだものね。そんな私と、ユリシスとどちらの言葉を信じるの？」

シャルドネ夫人の問いに、イザベラは動揺している。

「イザークという男は執務補佐官だったかしら？　きっとユリシスに自分が有利になるようなことを吹き込んでいるわね。もしかしたら私が女主人とならないよう手を回しているのは、あの男かも知れないわ。平民というのは本当に抜いても抜いても生えてくる雑草よ。そんな下賤《げせん》の者と口を利いては駄目よ。そうだわ、あなたがそのイザークという男に何かされたと訴えれば、クビにしてくれるんじゃない？」

「え……？」

「何か盗まれたとか、触られたとか、どうとでも出来るでしょう？　目障りな平民は追い出すべきよ――」

シャルドネ夫人の言葉は看過できないまでになっていた。イザークは青ざめ、震えている。ユリシスもここまでシャルドネ夫人がひどいとは思っていなかった。

――ユリシスは生け垣の裏から姿を現した。

「きゃっ」

いきなり出てきたユリシスに、シャルドネ夫人とイザベラ、そしてメイドがびっくりして声を上げる。

「叔母上」

ユリシスはテーブルの前に回り込み、鋭い視線を向けた。二人の会話を聞くまでは、シャルドネ夫人に注意を与え、これからはイザベラに悪影響を及ぼさないようにと言い含めるだけのつもりだった。だが、今の会話を聞いている限り、シャルドネ夫人は害悪でしかない。こんなに問題のある人だと思わなかった。

「な、何……？　ユリシス、あなたどこから」

シャルドネ夫人は驚きのあまり固まっている。

「今までご苦労様でした」

ユリシスはメイドに顎《あご》をしゃくり「テーブルを片付けろ」と命じる。

「え、え……？」

シャルドネ夫人が呆然《ぼうぜん》とする。

「これまでイザベラの礼儀作法の指導者として来てもらったが、もう必要ない。叔母上、二度とこの屋敷の敷居は跨《また》がないように」

冷たくユリシスが言い放つと、シャルドネ夫人だけでなく、イザベラも硬直する。シャルドネ夫人は何を言われているか理解出来ていないようだ。遅れてイザークが後ろから出てきて、シャルドネ夫人もようやく自分たちの会話が盗み聞きされていたと分かった。

「ユ、ユリシス！　あなた盗み聞きなど、卑怯《ひきょう》な真似を……っ、私は……っ」

扇子を握って腰を浮かせたシャルドネ夫人は、恐ろしい形相でイザークを睨《にら》みつけた。

シャルドネ夫人が息も荒くイザークに摑《つか》みかかろうとしたので、ユリシスは苛立《いらだ》ちを抑えきれなくなった。

「黙れ」

ユリシスはテーブルに拳《こぶし》を叩きつけた。同時に魔法が発動され、青銅で出来たテーブルが一瞬にして氷で覆われた上に、大きくひしゃげる。派手な音を立ててテーブルが破壊され、さすがのシャルドネ夫人もおののいて身を引いた。メイドもイザベラも真っ青になって固まる。騒ぎを聞きつけた執事が、使用人の男性と共に、ユリシスたちのほうへ走ってきた。

「シャルドネ夫人を追い出せ。今すぐに。目障りだ、二度とこの屋敷に入れないよう徹底しろ」

ユリシスが執事に命じると、「心得ました」と執事と使用人の男性がシャルドネ夫人の両脇を捕まえて引きずり出す。

「お待ちなさい！　ユリシス！　私にこんな扱いをするとはどういうつもり!?　親代わりの私にこんな真似を！」

シャルドネ夫人はしばらく暴れていたが、男性二人の力には抗《あらが》えなかったようで、強引に引きずられていった。

ユリシスはくるりとイザベラのほうを見た。イザベラは「あ……」と左手を擦《こす》る。よく見るとイザベラの左手の甲が赤くなっている。先ほどの音はシャルドネ夫人がイザベラの手の甲を打ったのだと気づいた。

イザベラがメイドの手を扇子で打つのは、シャルドネ夫人が自分に対してそうするからだ。理由が分かって、ユリシスは憤りを感じた。

「イザベラ。叔母《おば》上の言っていたこともやっていたことも全部忘れろ」

ユリシスは重々しい声で告げた。イザベラは弾《はじ》かれたように顔を上げ、ちらりとイザークを見やった。

「叔母上にお前を任せたのは、俺の間違いだった」

ユリシスはそう言って、メイドに片づけを命じるとその場を離れた。イザークが駆け寄ってきて、「公爵様、もう少し公女様に優しい言葉を」と言ってくる。

「それはメイドの役目だろう」

ユリシスに優しい言葉をかけられても、イザベラが喜ぶとは思えない。ユリシスのそんな態度に、イザークが歯がゆそうにする。

「あれじゃきっと、公女様は公爵様が自分を怒っていると勘違いしますよ」

屋敷の中に入ると、後ろを振り返りつつイザークがぼやく。

「何故俺がイザベラを怒る」

意味が分からずユリシスが言うと、イザークがこれ見よがしなため息をこぼす。

「ああ、こうしてこの兄妹《きょうだい》に亀裂が走るんだぁ……」

嘆かわしげなイザークの呟《つぶや》きはユリシスの耳に入らなかった。


翌朝、ユリシスは執務室にタウンハウスの帳簿を運ばせた。ユリシスは王都から山一つ越えた東に広大な領地を持っている。領地の帳簿に関しては、専門の管理官を雇い、さらにそれを毎回執事と額を突き合わせてきちんとチェックしている。領地には特産品となる野菜や果物、それに鉱山もあっておろそかにはできないからだ。だが、王都にあるこのタウンハウスに関しては、ユリシスはざっとしか帳簿に目を通していない。主なものはイザベラのドレスやアクセサリーの購入と屋敷内の食料品、消耗品の購入、使用人の賃金、あとはせいぜい屋敷の修繕費用くらいだったからだ。

シャルドネ夫人を追い出した後、ふと気になって、ユリシスは帳簿を確認することにした。女主人になりたがっていたシャルドネ夫人が、これまでにいくら使い込んだのか確かめる必要があった。

「ユリシス様、五年分お持ちしました」

執事が分厚い帳簿を抱えて机に置く。ユリシスはそれらに目を通し、顔を顰《しか》めた。シャルドネ夫人の社交界で着るドレスや宝飾品の支出が年々上がっている。イザベラは今年デビュタントを迎えるので、まだ社交界には出ていない。イザベラのドレスや宝石などかすむくらい、シャルドネ夫人は公爵家の金で好き放題やっていたようだ。

「まるで公爵夫人のような振る舞いだな。夫のものまで勝手に買っているじゃないか」

ユリシスはここ一、二年の帳簿をめくって、ため息をついた。明らかに男性用のものまで購入されているから、きっとシャルドネ伯爵のものだろう。そこまで許した覚えはない。

「馴染《なじ》みの店にすべて伝達しろ。今後シャルドネ夫人に我が公爵家で何かを与えることはないと。あとアンジェリカの許《もと》へ、先触れを出してくれ。午後に伺いたいと」

ユリシスは執事にそう命じ、ついでに持っていく薔薇《ばら》を用意させた。アンジェリカはユリシスの婚約者だ。幼い頃に両親から命じられて婚約者になった女性で、宰相であるリンドール侯爵の長女だ。

「お呼びですか、公爵様」

執務室にイザークが現れた。いつもなら仕事に関して話をするところだが、今はそれどころではない。

「イザーク、出かけるぞ。アンジェリカのところへ行く。お前もついてこい」

ユリシスは帳簿をめくりながら言った。

「は、はい。噂の婚約者の方ですね。あまりお見掛けしないので、どうしているのかと思っておりました」

イザークが期待に満ちた眼差《まなざ》しで言う。住み込みのイザークがあまり見かけないというのも無理はない。アンジェリカとは微妙な関係にある。社交界のパーティーに同伴するのが年に三度だけ、あとは誕生日や季節に合わせて贈り物をするくらいの非常にそっけない関係なのだ。公爵としての仕事が忙しすぎるというのもあるし、魔法士としての力も強いユリシスは領地での魔物の討伐や反乱を鎮圧する際には必ず出向く。悪いと思いつつ、一年のほとんどを領地で過ごしているので、王都で暮らすアンジェリカとは物理的な距離が開いているのだ。

帳簿を五年分見終わって思ったのは、シャルドネ夫人を自由にさせすぎたということだ。執事にはあらかじめ、シャルドネ夫人の希望に沿うようにと言い渡しておいたので、責められない。最初は大人しくしていたシャルドネ夫人も徐々に増長していったのが、帳簿でよく分かった。

ユリシスはイザークを伴い、馬車で公爵家を出た。

温暖な気候のフィンラード王国だが、今の季節は少し気温が高い。アンジェリカの住むリンドール侯爵家のタウンハウスは、王都の西南にある。社交界のシーズンはアンジェリカは王都のタウンハウスにいるのが通例だ。

「アンジェリカについて何か予言はあるか？」

揺れる馬車の中、ユリシスはイザークに尋ねた。

「アンジェリカ様のことはほんの少ししか知りません。公爵様をお好きなツンデレキャラ的な扱いで……」

「ツンドラ？」

聞き間違いかと思い、ユリシスは眉根《まゆね》を寄せた。

「えー、あー、何と申しますか……好きなのに素直になれなくて、そっけない言葉ばかり使ってしまう性格ということだけ知っております」

「まさか、アンジェリカが俺を好きだと？」

ユリシスは失笑した。

「それはない。あいつは俺を嫌っている。それでも政略的なことは心得ているから、婚約を破棄などはしないだろう。あいつは猫を被《かぶ》るのが上手《うま》いから、表では俺の悪口などは言ってないようだが」

アンジェリカの人となりを思い返し、ユリシスは首を横に振った。

「いや！　嫌いなはずないですよ！　だって公爵様を好きなあまり、主人公……もとい聖女候補の子に嫌がらせをするくらいなんですから！」

アンジェリカと会話したこともないイザークが力説している。

「それはおそらく公爵夫人の座を誰かに渡すのが惜しかったのだろう。会えば分かる。あいつは俺を嫌って会うたび嫌みがひどいんだ。そもそも俺は人に好かれる性質ではない。こんな男が婚約者であいつも可哀想だと思う」

夢見がちなイザークを憐《あわ》れみ、ユリシスは軽く手を振った。

「ユリシス様は大人気ですよ！」

いきなりイザークが身を乗り出して大声で言ってきたので、ユリシスも驚いた。

「ユリシス様は……っ、あ、公爵様は一番人気だったんです！　クールでスペック高くて、心を許すと笑顔を見せてくれて……っ、私がいくら課金したと！」

熱い口調で語られ、ユリシスは唖然《あぜん》とした。何を言っているかよく分からないが、イザークが勘違いしているのは分かった。

「俺が嫌われているのは周知の事実だ。夜会に出ると俺の周りは潮が引くように人がいなくなるのだぞ。巻き添えを食うアンジェリカに毎回申し訳ないと思っているくらいだ。婚約者という手前、エスコートしなければならないのが申し訳ない」

やれやれとユリシスが肩をすくめると、イザークが小刻みに震える。

「公爵様、何をおっしゃっているのですか。公爵様ほど美しい人を私は知りません。王国一の美形と乙女たちが頬を染めているのをご存じない？　氷の貴公子と囁《ささや》かれ、高嶺《たかね》の花と言われているのに……。嫌われているなんて、ありえませんよ。誰がそんなでたらめを公爵様に？」

イザークは熱意をもって語ってくるが、自分に人気がないのは理解している。イザークは執務補佐官として公爵のフォローをしなければと思っているのだろう。

「でたらめではない。トラフォト家の公爵令嬢のアニエス嬢からも、よく言われている。

あなたほど冷たく情のない男は見たことがないと。世の乙女は皆あなたを恐れていると」

　ユリシスが苦笑すると、イザークが顔を覆って背中を丸めた。

「それはぁ……アニエス様は公爵様を好いてらっしゃるからです。自分のものにならない公爵様を憎らしく思っているのです」

　絶望的な表情でイザークが言う。アニエス嬢が自分を好きとは、どれだけ目が節穴なのだろう。

「トラフォト家から婚約の打診がありましたでしょう？　好きじゃなきゃ、婚約者がいる男にそんなこと言わないですよね？」

　ユリシスの表情を読み取って、イザークが問う。

「あれはトラフォト家の嫌がらせだろう。わざとそんな真似をして、こちらの出方を窺《うかが》っているのだ。同じ公爵家だが、向こうは年季の入った狸だからな。というか、何故そんな情報を持っている？　アニエス嬢の求婚話は他言無用と釘《くぎ》を刺されたのに」

　いぶかしむようにユリシスが言うと、イザークは大きなため息をこぼした。

「公爵様の美貌《びぼう》に関するエピソードは全部拝見しましたので。はぁ、まさか公爵様がそれほどご自分の価値を知らないとは存じ上げませんでした。鏡、見たことあります？　そんな美貌をもってしてモテないとか、よく堂々と言えますね」

　イザークはあくまでユリシスに人気があると言いたいようだ。執務補佐官としてはそれでいいのかもしれない。執務補佐官にまで馬鹿にされるようでは、威厳が保てない。

くだらない話をしているうちに、馬車は侯爵家のタウンハウスについた。馬車留めで御者が馬車を停め、門番と会話を交わす。門が開けられ、ユリシスは御者が開いた扉から外に降り立った。公爵家の庭師に摘んでもらった赤い薔薇の花束を抱え、ユリシスはイザークを伴って侯爵家のタウンハウスへ足を踏み入れた。

侯爵家のタウンハウスは、小ぶりながら格調高い建築様式で建てられた小さな城みたいなものだ。庭にはアンジェリカが手がけている温室があり、他国から運び込んだ珍しい植物が育てられている。建物は二棟に分かれていて、アンジェリカが暮らしている大きなほうは、半円の出窓が特徴的だ。生け垣で造られた道を進むと、大きな建物の正面に辿《たど》り着く。正面玄関の扉がすっと開き、出てきた執事がユリシスに向かって一礼した。

「これは公爵閣下、お久しぶりでございます。現在、主《あるじ》は所用にて留守をしておりまして、ご挨拶《あいさつ》できない不義理をお許し下さい」

侯爵家の執事は三十代後半の中年男性で、武道の心得でもあるのか、油断ならない目つきをしている。久しぶり、というのは、ユリシスに対するちょっとした皮肉だろう。婚約者なのに、ほとんど会いにこないと遠回しに言われている。

「こちらこそ、急な訪問で迷惑をかけたな。用があるのはアンジェリカ嬢だ。アンジェリカ嬢はいるか？」

ユリシスがにこりともせずに返すと、執事がちらりとイザークを見やる。

「お嬢様は東屋《あずまや》でお待ちしております。よろしかったら、そちらへご案内しましょう」

執事が前に立って歩き出し、ユリシスはイザークを伴って建物をぐるりと回り、中庭へ向かった。

中庭には季節の花であるミモザが満開だった。黄色く華やかな庭の中央に六角形の屋根の東屋があり、そこのベンチにアンジェリカが座っていた。長く黒い髪に、つんと高く伸びた鼻、気の強さを示すような切れ長の青い瞳《ひとみ》、今年十九歳になった女性だ。今日は深い青のドレスをまとっていて、優雅にお茶を飲んでいた。アンジェリカの傍には侍女が控えていて、ユリシスがちらりと見ると真っ赤になってうつむいた。

「まぁ、どなたかと思ったら公爵閣下じゃありませんの。到着するわずか数刻前にお知らせ下さるなんて、私を馬鹿にしてるんですの？　あなたの私に対する礼儀のなさにほとほと愛想が尽きますわ」

アンジェリカは近づいてきたユリシスに、眇《すが》めた目つきで吐き捨てた。目も態度も口調も怒っているのが明らかだ。アンジェリカはいつもこんな感じで、よほど自分が嫌いらしい。

「悪かった」

ユリシスは平然としたまま、薔薇《ばら》の花を差し出した。アンジェリカはじろりとそれを見やり、侍女に軽く手を振る。侍女はちらちらとユリシスを窺いながら、代わりに薔薇を受け取る。

「ちっとも悪かったとは思っていないお言葉、耳が腐りますわ。それで？　何かご用でも？　次の舞踏会なら、兄にエスコートをお願いしましたからけっこうですわ」

アンジェリカが軽く顎《あご》を引いたので、ユリシスはアンジェリカの許しを得て着席した。婚約者とはいえ、アンジェリカと自分の仲は冷え切っている。来週の舞踏会のパートナーは、アンジェリカの兄に、仕事で出席できないから代わりに行ってくれと手紙を出していた。アンジェリカは兄からその話を聞いたのだろう。アンジェリカを怒らせると機嫌を直すまでが長い。

「そちらは？　舞踏会の話ではなさそうですけど」

アンジェリカはユリシスの背後に立っているイザークを鋭く見やり、侍女にお茶を淹《い》れさせる。柑橘《かんきつ》系の匂いがする紅茶がカップに注がれ、軽食やケーキを載せた三段重ねのスタンドがテーブルに置かれる。

「イザークという。俺の仕事を手伝ってもらっている優秀な執務補佐官だ」

ユリシスが紹介すると、イザークは礼儀正しく一礼した。

「アンジェリカ・リンドール侯爵令嬢様にご挨拶申し上げます。イザークと申します。お見知りおきを」

イザークは一歩前に出て、挨拶をする。

「イザーク様の名前は存じておりますわ。いくつかの発明品をなさった方ですね。よろしければ一緒にお茶を」

「私は平民の身ですから、お気遣いは無用です」

イザークが尻込《しりご》みして言うと、アンジェリカは気にした様子もなく微笑んだ。

「この朴念仁と二人でお茶なんて、私が可哀想でしょう？」

アンジェリカはイザークには微笑み、ユリシスには冷たい視線をくれる。ユリシスとしてはアンジェリカの態度に感心していた。イザークを紹介したのは初めてだが、アンジェリカがイザークの情報を持っていたことに驚いたし、平民である彼をもてなそうとしていることにも驚いた。

「恐縮です。ではありがたく」

イザークはアンジェリカに差別されなかったことに安堵《あんど》したのか、肩から力を抜いて勧められた席に座った。

「アンジェリカ。君に聞きたいことがある。社交界でのシャルドネ夫人の立ち位置を」

イザークのお茶が運ばれたのを確認して、ユリシスは話を切り出した。アンジェリカは思いがけない話だったようで、目を見開く。

「あなたの叔母《おば》上のこと？　シャルドネ夫人なら、社交界でいつも幅をきかせておりますわよ。強者には媚《こ》び、弱者には下品なまでに威張り散らす……あなたの威光を笠《かさ》に着て、好き放題にやらかしておりますわ。それが何か？」

アンジェリカに忌々しそうに教えられ、ユリシスは頭が痛くなった。

「俺の威光とはどういう意味だ？」

シャルドネ夫人を引き立てるよう誰かに頼んだ覚えはない。ユリシスが苦虫を噛《か》み潰《つぶ》したような顔で言うと、アンジェリカが逆に呆《あき》れる。

「シャルドネ夫人はあなたに頼めば何でも買ってもらえると、パーティーのたびに値の張る指輪やネックレスを見せつけているのです。私が裏で何と言われているかご存じ？　氷の貴公子様は婚約者にはたいしたものは贈らないのに、身内には甘い、私には公爵を繋《つな》ぎ止める魅力はないのだろうって。ええ、本当にね、ここ数年私への贈り物は執事の選んだ古めかしいドレスか宝石ばかりですものね」

ねちねちと嫌みを言われ、ユリシスは黙り込んだ。アンジェリカの言い分も気になるが、それよりシャルドネ夫人のほうが問題だ。

「叔母上を引き立てたことなどない。実は……帳簿を確認して気づいたのだが、叔母上の嗜好《しこう》品の支出が目に余るようになっていてな」

ユリシスが仏頂面で言うと、アンジェリカはそれまでのつんけんした態度から急に真面目な態度に変化した。

「それは横領ということ？」

アンジェリカが険しい顔つきで言い、ユリシスはため息をこぼした。

「多少の出費はイザベラに礼儀作法を教える名目で許していたのだが、度が過ぎているようなのでな。それと……すまなかった。まさかそんな悪口を言われているとは知らなかった。今度、はやりのものを贈る。俺にはドレスや宝石の良し悪しは分からないから、執事に任せきりにしていた」

ユリシスが申し訳なさそうに言うと、アンジェリカは絶句して、ふいっと横を向いた。

「……あなたが選んで下さればよいのですよ」

少しふてくされたような声でアンジェリカが呟《つぶや》き、何かをごまかすようにお茶を口にする。

「ではシャルドネ夫人は、勝手にあなたのお金を使っていたってことね？　次に会ったら、毎回嫌みを言われていたけれど反論できるわ。あれだけ散財していたくせに、公爵家でお茶会を開くことはなかったから、おかしいと思っていたのよ」

アンジェリカが不敵に笑い、ユリシスは軽く眉《まゆ》を撫《な》でた。シャルドネ夫人は公爵家でお茶会を開きたがっていた。だが、シャルドネ夫人のお茶会なら伯爵家で開くべきと、一切許可を出さなかった。

「俺は社交界には疎くて、叔母上の件に関して無知だった。興味がなかった。だが、このような状態になっていた以上、叔母上は切り捨てることにした。実は昨日、シャルドネ夫人を追い出した。二度と屋敷へ来ることはない」

ユリシスがはっきり言うと、アンジェリカは面食らったように茶器を下ろした。アンジェリカは口元に手を当てて、笑いをこらえるように肩を揺さぶる。

「何ておかしいの！　最高じゃない！　あの威張り腐ったシャルドネ夫人がお金の供給源を断たれるなんて！」

アンジェリカは急いで扇子を開き、口元を覆っている。笑いが抑えきれないらしい。

そんなに喜ぶとは思わなかった。

「ついては、君にイザベラを頼めないだろうか？　叔母上はイザベラのデビュタントの準備や、それに伴う公爵家でのパーティーを仕切らせてほしいと言っていた。叔母上を切り捨てたので、代わりの者が必要になる」

重ねてユリシスが言うと、それまで愉快そうに笑っていたアンジェリカの口がぴたりと止まった。アンジェリカはさも嫌そうにユリシスを見据える。

「イザベラ嬢の？　嫌よ、あんな子のために」

憎々しげにアンジェリカに拒否され、ユリシスは固まった。以前からアンジェリカはイザベラと仲がよくない。イザベラもアンジェリカに対して態度が固く、「あんな人が義姉《あね》になるなんて嫌」と言っていた。

これまでユリシスは二人の仲をよくしようと思ったことはない。アンジェリカと結婚するにしても、イザベラは王室に嫁ぐから問題ないだろうと思っていたのだ。表向きは仲のいいふりをするくらいは、できるはずだと。だがここ数日でイザベラの悪い面を知り、問題はイザベラにあるかもしれないと分かりかけてきた。

「イザベラの悪い点を言ってくれ」

ユリシスはアンジェリカをまっすぐ見つめ、真摯《しんし》に尋ねた。その濁りなき眼に気圧《けお》されたのか、アンジェリカがたじろいで口を開く。

「……あの子は私の侍女を足蹴《あしげ》にしたのです。侯爵家に来た時に、侍女が少しお茶をこぼしただけで。私が注意したら、『私は公爵令嬢で、あなたに注意される謂《いわ》れはないっ。兄と結婚するまでは私のほうが立場は上よ！』と言って、私に土下座させようとなさいました」

アンジェリカの口から飛び出たエピソードに、ユリシスは青ざめた。アンジェリカに土下座させようとしたなんて、耳を覆いたくなる事実だ。

「私はもちろん拒否しました。すると『絶対兄と結婚させない！　私が王妃になったら、あんたなんか社交界から追放する』だそうです。あの子が王妃になる日が来たら、私、国を出るかもしれませんわ」

在りし日の嫌な記憶が蘇《よみがえ》ったのか、アンジェリカの顔が歪《ゆが》んでいる。おそらくもっと嫌なことも言われたのだろう。

「重ね重ね、すまない」

ユリシスは申し訳なくなり、目を閉じた。想像以上にイザベラがひどくて、現実とは思えなくなっていた。イザベラはいつも自分の前ではおとなしく、すぐ泣くのでどちらかというと気弱な女性と思い込んでいた。

「君に頼みたいのは、イザベラの教育もだ。俺が思うよりもイザベラは悪いほうへ向かっていて、それを軌道修正したい。イザベラの教育を叔母上に任せきりにした俺が悪いのだが」

ユリシスが頭を下げると、アンジェリカは戸惑ったように扇子を閉じた。

「今さらあの子を修正できますか？　今は茶会やパーティーに出る年齢ではないからそれほど噂は広まってないけれど、いずれ社交界に出たら彼女は公爵令嬢としてシャルドネ夫人よりもひどい悪評を広めるでしょうね。私の知る限りでは、王子はイザベラ嬢を好いておられないようですから、王妃になれるかは分かりませんけど」

アンジェリカは扇子を開いたり閉じたりして考え込んでいる。アンジェリカに拒否されたら、イザベラを上手《うま》く修正できるか自信がない。

「まだイザベラは十五歳だ。今なら間に合うと信じたい。そうしないと危険な未来が……。こんなことを頼めるのは君だけだ。もちろんただでとは言わない、金銭的な礼もするし、他に何かしてほしいことがあるなら、何でも言ってくれ。君が俺を嫌っているのは知っているが、いずれ義理の妹になるイザベラを救ってくれないか」

ユリシスが椅子から立ち上がり、アンジェリカに向かって頭を下げると、びっくりしたのかアンジェリカは扇子を落とした。横にいたイザークも目を丸くしている。

「僭越《せんえつ》ながら、私からもよろしいでしょうか、リンドール侯爵令嬢」

ぽかんとしているアンジェリカに、それまで黙っていたイザークが割って入る。アンジェリカはイザークの存在を忘れていたのか、慌てて横を向いた。

「公女様は、シャルドネ夫人に身分が下の者には何をしてもいいと教え込まれてきただけなんです。洗脳といっていい仕打ちを受けてきたのです。公女様はまだ子どもで、シャルドネ夫人と同じように行動していただけで……。公爵様がよく言い聞かせますので、どうかお力添えをお願いします」

イザークも椅子から立ち上がり、深々と頭を下げる。大の男二人に頭を下げられ、アンジェリカは「およしになって」と焦って立ち上がった。

「分かりました！　分かりましたから！　もう！」

アンジェリカはやけになったように怒鳴り、椅子に座り直す。アンジェリカの協力を得られると知り、ユリシスは顔を輝かせた。

「本当か！」

ユリシスが興奮してアンジェリカの手を握ると、ぽっと頬を朱に染めてそっぽを向く。

「ただし、イザベラ嬢に厳しく当たりますわよ、それでもよろしいのね？」

ユリシスはアンジェリカの手を強く握り、頷《うなず》いた。アンジェリカの手は細くて白い。白い肌に薔薇色《ばらいろ》の頬が映えている。

「構わない。イザベラが何を言おうと、俺が黙らせるつもりだ。ありがとう、アンジェリカ。恩に着る」

ユリシスはアンジェリカの手をそっと離し、嬉《うれ》しさのあまりにこりとした。とたんにアンジェリカの後ろにいた侍女がティーポットを倒し、派手な音を立てた。アンジェリカとイザークも赤い顔で自分を凝視している。

「うう、氷の貴公子の全開の笑顔は破壊力抜群……」

イザークは胸を押さえて何やら呟いている。

「お礼はいりません。その代わり……、イザベラ嬢の教育をする代わりに、公爵閣下にはもっと頻繁にパーティーのエスコートをしていただきたいです。社交界に流れている私の嫌な噂を打ち消していただきたいわ」

アンジェリカは居住まいを正して、真剣な表情で言ってきた。

「これ以上？　だが、俺といると君まで嫌われる羽目になるぞ」

ユリシスが躊躇《ちゅうちょ》して言うと、アンジェリカが困惑して首をかしげる。

「あの……、公爵様はご自分が他人からひどく嫌われていると勘違いなされてましして」

咳払《せきばら》いして、イザークがアンジェリカに小声で言う。

「は？　何それ。謙遜《けんそん》かしら？　嫌みではないのよね？」

「いえ、大真面目です。思い込んでいるのです」

イザークとアンジェリカが小声でひそひそ言い合っている。全部聞こえてくるのだが。

「思い込みではない。アンジェリカも俺を苦々しく思っているじゃないか。この前も求婚を拒否していたし。もし他に好きな人ができたら、言ってくれれば対処する」

ユリシスが腕を組んで言うと、アンジェリカが「あれは……っ」と何かを思い出したように、瞳《ひとみ》にめらめらと闘志の炎を燃やした。

「何が求婚ですの。行事みたいに結婚の日取りを決めようとして、いくら政略結婚とはいえ、最低限の礼儀が必要でしょう。ともかく！　そういうことなら、私が望むパーティーのエスコートに可能な限り出席するという話でお引き受けしますわ」

侍女が拾った扇子を、アンジェリカはぱちんと音を鳴らして告げる。自分のような嫌われ者にエスコートをさせたいなんて、アンジェリカは変わり者だ。だが、それでイザベラを任せられるなら、願ったり叶《かな》ったりだ。

「よろしく頼む」

ユリシスは改めて立ち上がり、アンジェリカの手を取って甲に口づけた。アンジェリカは珍しく満足げに微笑んでいる。

イザベラを更生させるための第一歩——ユリシスは大きな決意を持って、未来に希望を抱いた。

3　悪役令嬢更生への道

シャルドネ夫人を追い出した件は、イザベラにとって青天の霹靂《へきれき》だったようだ。混乱と戸惑い、そして呆然《ぼうぜん》とした様子だったとメイド長が言った。

「あの……申し訳ございませんでした。私どもはてっきりシャルドネ夫人のなさることを閣下も了承していると思い込んでおりました。どうぞ、どんな罰でもお与え下さい」

メイド長はユリシスの執務室へやってきて、深々と頭を下げた。執務室ではユリシスが机に向かい書類仕事をしていて、イザークが横の机で書類の整理をしていた。中庭での一件を聞き、使用人一同は青ざめたという。シャルドネ夫人はこの屋敷に長く入り浸っていた。主人の血筋ということで、使用人の多くは平民のため、逆らえなかったのだろう。女主人の権限を欲していたし、あの様子では屋敷内の使用人を勝手に仕切っていたようだ。

「いや、お前たちは悪くない。そういう空気を作っていた俺にも責任はある。罰などはないから案ずるな。それよりもこれからはイザベラの様子を教えてくれるか。叔母《おば》上にいろいろ吹き込まれて、かなり影響を受けている」

ユリシスは仕事の手を止めて、メイド長を安心させた。メイド長は黒髪を後ろで一つに束ねた生真面目そうな中年女性で、ユリシスの返事にホッとした。

「寛大な処置をありがとうございます。今後はイザベラ様のご様子を逐一お伝えします」

「ああ。あと来週から、アンジェリカが叔母上の代わりに家に通うようになる。彼女はいずれ女主人となる身だ。そのつもりで接してくれ」

ユリシスはメイド長に言い含めた。メイド長は婚約者であるアンジェリカのことは知っているので、大きく目を見開いた。

「まぁ、ようやくアンジェリカ様を迎える決心をなさったのですね。どうしていらっしゃるのか心配しておりました。ではいらした際に屋敷のことなどをご説明しましょうか？」

メイド長はアンジェリカが来るというのを、公爵夫人になるための見習い期間と勘違いしている。

「いや……それはおいおいで、いい。アンジェリカにはイザベラの話し相手として来てもらうことになっている」

ユリシスはメイド長の期待を打ち砕くのを申し訳なく思いつつ、アンジェリカの部屋を用意するよう命じた。まだ結婚前なので公爵夫人の部屋を使わせることはできないが、何度も来てもらうならそれなりの場所を用意したほうがいいだろう。

「イザベラ様と仲良くなられるとよいのですが……」

メイド長も不安を隠せない様子だ。

入れ替わりに執事がやってきて、イザベラが部屋に引きこもっているという報告をした。

「イザベラ様は食事もお取りになりませんし、メイドにも部屋に入るなと命じています」

昨夜の夕食時に姿が見えないと思っていたが、未《いま》だに部屋にこもっているらしい。

「……俺が行こう」

ずっと食事をしないのは問題だ。ユリシスはペンを置いて、重い腰を上げた。イザークが気になった様子でついてきたがったが、ユリシスは一人でイザベラの部屋へ向かった。

イザベラの部屋のドアをノックすると、ユリシスは返事を待たずにドアを開けようとした。だがドアは固く閉ざされていて、開かない。

「イザベラ。俺だ。ここを開けろ」

ユリシスがドア越しに声をかけると、ややあって室内で何かが動く気配があった。

「……お兄様」

ドアが薄く開かれて、寝間着姿のイザベラが顔を見せた。その頬には涙の痕《あと》があって、ユリシスは衝撃を受けた。何故イザベラが泣いていたのか、理由が分からなかったのだ。

まさかシャルドネ夫人にそれほど愛情を持っていたのだろうか？

「どうして叔母様を追い出したんですの……？」

イザベラはドアに手をかけたまま、じっとりとした眼差《まなざ》しでユリシスを見た。イザベラの表情はまるで捨てられた子犬のようで、心が騒いだ。

「叔母上はやり過ぎた。それだけだ」

ユリシスは端的に告げた。それで伝わると思ったが、イザベラは大きく顔を歪《ゆが》めて、急に地団駄を踏んだ。

「分かりません！　お兄様の言うことはちっとも分かりませんわ！　叔母上がいなくて、私は誰の言うことを聞けばいいんですの!?　お兄様はお気に入りのイザークを陥れようとしたのが気に食わないんですの!?　平民ごときにそこまで目をかけるなんて信じられませんわ！　だって叔母様は高貴な血を引いていらっしゃるのでしょう？　追い出すのはイザークのほうじゃないんですの！」

イザベラはヒステリックな口調で叫んだ。ユリシスの背後にはメイドが控えていて、興奮するイザベラにおろおろしている。

「イザベラ！」

ユリシスは苛立《いらだ》ちを感じて大声を上げた。とたんにびくっとイザベラが震えて、大粒の涙を浮かべた。

「分かりませんわ！　ぜんぜん分かりません！　お兄様なんて大嫌い！」

わぁっとイザベラは泣き出して、部屋の奥へ駆け込んでいった。大嫌いと言われて、大きなショックを受ける。すべては愛する妹のためにやったことなのに、どうして嫌われたのか。ショックを受けつつも、ユリシスはドアを引いてイザベラの部屋の中へ足を踏み入れた。イザベラはベッドに飛び込んだ。掛布を身体にまきつけて、子どもみたいに泣いている。

「イザベラ、俺が叔母上を追い出したのは、お前に悪影響があると思ったからだ」

ユリシスは布にくるまっているイザベラに向かって、言い聞かせた。イザベラは泣き続けている。返答がないので、ユリシスはため息をこぼした。

「叔母上の代わりに、しばらくアンジェリカがお前の話し相手になる」

続けてユリシスが言うと、それまで泣いていたイザベラがぴたりと止まった。がばっと掛布をめくって、イザベラが真っ赤な顔で現れる。

「嫌です！　何であんな女と私が！」

イザベラの反発は想像以上で、目に涙を溜《た》めてぶるぶる震えている。憎悪を宿した瞳《ひとみ》には、アンジェリカに対する敵対心もある。

「アンジェリカに身分が下だと言ったらしいな？　アンジェリカはいずれ公爵夫人となる身だ。お前はアンジェリカが公爵夫人になるまで、そんな態度を取り続ける気か？」

ユリシスはあえて厳しい言い方でイザベラを押さえつけた。イザベラの顔から血の気が引き、悔しそうに赤い唇を嚙《か》み締める。

「お、お兄様と……あの女は仲がよくないと聞きました……。叔母様も婚約破棄は時間の問題だろうって……。だから私は」

「俺は破棄する気はない」

ユリシスはイザベラの言葉をバッサリと斬り捨てた。イザベラは眩暈《めまい》を感じたのか、ふらりとベッドに横たわる。

「……許せない、……絶対私が上よ……。早く王妃にならなくちゃ……」

イザベラがうつろな眼差しで、指を噛んでぶつぶつと呟《つぶや》く。ユリシスはハッとした。イザベラが指を噛むのは、母が亡くなった直後から出てきた悪癖だ。精神的に不安になった時、イザベラは血が出るほど指を噛む癖がある。

「イザベラ……」

ユリシスはベッドに腰を下ろし、じっとイザベラの目を見つめた。イザベラはしばらく指を噛んでいたが、ユリシスと目が合うと、びくりとして指を口から離した。

「あ、あ……ごめんなさい、私……、こんなみっともない癖……ごめんなさい、もうしません、叩《たた》かないで……、もうしません……」

急にイザベラは人が変わったように真っ青になり、頭を抱え込んで謝り始めた。その様子はまるで虐待を受けたもののそれだった。ユリシスは胸をえぐられたようになり、イザベラを抱き寄せた。

「お……兄さ、ま……？」

胸に抱え込むと、それまでガタガタ震えていたイザベラは、戸惑ったような声を出した。上目遣いで、怯《おび》えた眼差し。イザベラの指を噛む悪癖については、母親が亡くなった後、ずっと続いて心配していた。だがシャルドネ夫人を迎え入れて一カ月もすると治まったので、身内が来たことで心が安定したのだろうと勝手に思い込んでいた。イザベラの様子を見ると、おそらくシャルドネ夫人がしつけと称する虐待によってそれを封じ込めていたのだろう。シャルドネ夫人を信頼した自分を猛省した。

「今まですまなかった」

ユリシスはイザベラをぎゅっと抱きしめて言った。

「お前を叔母《おば》上に任せきりにした俺のせいだ。叔母上の教えはすべて忘れろ。暴力を受けることも、与えることもお前には必要ない」

イザベラの細く小さな身体を抱きしめユリシスは囁《ささや》いた。イザベラは胸を上下させて、震える息を吐きだした。何かを言いたいが、何も出てこない。そんなもどかしげな様子で、腕の中で震える。

「叔母様がいなくなったら……誰が私を愛してくれるんですの？」

イザベラは小さな子どもみたいにユリシスにしがみついてきた。イザベラにとっては愛だと思いたいのだろうが、シャルドネ夫人のイザベラに対する態度は愛情ではなく、利用するためのものとしか思えなかった。イザベラにとってはそんなものが愛情に思えたのだと、ユリシスは大きな後悔に苛《さいな》まれた。

ユリシスは当然のことながら、たった一人になった家族を愛している。だが、公爵家を守るためにイザベラと時間を持つよりも仕事にその時間を割り当てていた。

「俺はお前を大事に思っている。たった一人の可愛い妹だ。俺の愛だけでは駄目か？」

ユリシスははっきりと言葉にした。これまでの自分の言葉足らずを反省した。イザベラに愛を告げたことなどなかったと気づいたのだ。

イザベラは弾《はじ》かれたように顔を上げ、驚愕《きょうがく》の眼差しでユリシスを見つめた。そしてくしゃくしゃっと顔を歪ませ、声を上げて泣き出した。

「お、お兄様……っ、お兄様、私……っ」

イザベラはユリシスに抱きついて、わんわんと泣いた。こんな簡単な言葉をイザベラが欲していたとユリシスは遅まきながら理解した。愛されていることなど、分かりきっていると思い込んでいた。

泣きじゃくるイザベラは幼い頃の妹を思い出させた。両親が健在だった頃、イザベラはよく笑う快活な少女だった。

「イザベラ、すまない……これからはいい兄になるよう努力する」

肩を震わせて泣くイザベラをしっかりと抱きしめて、ユリシスはその言葉を固く胸に誓った。

イザベラが食事をとるようになり、ユリシスはこれまで仕事にかまけて執務室でとっていた食事を、イザベラの時間に合わせて食堂で取るようにした。これまでイザベラはシャルドネ夫人がいない時は広い食堂で一人きりで食事をしていたらしい。ユリシスはどこで食事をしようが気にならない性格をしているが、イザベラはまだ十五歳だ。寂しかったに違いない。

一緒に食事をとり始めた時は、互いにまだぎこちなさが残ったが、二度、三度と食事を共にする間に、イザベラの態度も軟化した。

「今日はアンジェリカが来る。俺が仲を取り持つから、仲良くなってほしい」

ユリシスはその日の朝食時、斜め向かいの席でスクランブルエッグを食べるイザベラにそう言った。イザベラは浮かない表情で、ナイフを置く。

「私……アンジェリカ様に嫌われていると思います。仲良くなるなんて無理ですわ。私も嫌いですけど！」

イザベラは子どもの頃のように頬を膨らませて言う。この前、大泣きしてから、イザベラは子ども時代のような可愛らしい態度をとることが増えてきた。これまでシャルドネ夫人に「淑女として」と厳しく言い渡されて、人形のように仮面を貼りつけてきたが、ユリシスの前で大泣きしたせいか、本来の性質が戻ってきたようだ。ここ数年、自分の前では妙に聞き分けのよい態度だったが、そういえば子どもの頃のイザベラはよくしゃべる子だった。寡黙なユリシスと違いすぎると母が笑っていたのを思い出した。

「何故、アンジェリカが嫌いなんだ？」

ユリシスから見たアンジェリカは気が強いものの、面倒見のよい面がある。歳の離れた異母弟も可愛がっているし、社交界でも慕ってくる令嬢は多いと聞く。

「アンジェリカ様は……嫌いです。……お兄様を私から奪うし……」

イザベラは消え入りそうな声で言う。どうやらアンジェリカが嫌いというよりは、たった一人の身内をとられるのが嫌だったらしい。

「お前への愛情とアンジェリカへの愛情はまったく異なるものだろう」

ユリシスはさらりと述べてナイフを置いた。

「……私だって最初はアンジェリカ様と仲良くしようと思ったのです。だからお茶会で、私の取り巻きにしてさしあげると申しましたのよ。それなのにアンジェリカ様ときたら、冷たい表情になって鼻で笑ったのです」

当時の記憶が蘇《よみがえ》ったのか、イザベラがナプキンを握りしめる。ユリシスはワイングラスに伸ばした手を止めた。

「……そんなことを言ったのか？」

その場の状況が想像できて、ユリシスは眉間《みけん》にしわを寄せた。義姉になる予定の女性に、取り巻きにしてやるとは……。アンジェリカが怒るのも無理はない。

「いけませんでした？　だって私の取り巻きですよ？　光栄なことではないのですか？　ドロシー伯爵令嬢も、マリアンヌ男爵令嬢も泣いて喜びましたわよ？」

イザベラはユリシスの顔色を見て、自分がいけないことを言ったのかと慌てている。

根本的な問題から修正しなければならないようだ。

「イザベラ。そのように権力を振りかざすのはみっともない真似だ。お前は公爵令嬢としての品位に欠けている。そもそも取り巻きなど作るな。お前は権力を目当てに寄ってこられて嬉《うれ》しいのか？」

じろりとイザベラを睨《にら》みつけると、ひゃっと小さな声を上げてイザベラが縮こまる。

「そんな……、みっともないことだったなんて……」

がっくりしているイザベラは、長い間シャルドネ夫人から洗脳されていたので、物の見方から変えていく必要がある。

食事を終えると、ユリシスはメイド長を呼び、イザベラの教育がどのくらい進んでいるのか尋ねた。

「イザベラ様は……まだ初等科の教育までしか終わっておりません。マナー教育と歴史、ダンスに関しては王宮で指導をお受けになっているのもあってほぼ完璧《かんぺき》ですが、それ以外は……」

メイド長はちらりとイザベラを見て答える。イザベラは食後のお茶を前にして、羞恥《しゅうち》で顔を赤くしている。初等科の教育までとは、かなり遅いレベルだ。きちんと家庭教師をつけていたはずだが、どうなっているのか。

「何故そんな遅い？　来年はアカデミーに入学するのだぞ？　それに魔法学の教師をつけただろう、魔法は？」

　イザベラの教育の進み具合に呆《あき》れ、ユリシスはテーブルを指でトントンと叩いた。

「……イザベラ様が教師と折り合いが悪く……。魔法の教師に至っては、イザベラ様がまったく授業を受けないので、毎回客間でお茶を飲んで帰っております」

「はぁ⁉」

　ユリシスは思わず声を荒らげた。イザベラはますます縮こまり、視線をうろつかせる。

「職務怠慢じゃないか。分かった、あの教師はクビだ。新しい教師を雇い入れる。イザベラ、お前を放置していた俺にも責任がある。今後授業をさぼることは許さない」

　ユリシスはイザベラに鋭い視線を投げかけ、有無を言わさぬ口調で述べた。イザベラはぎゅっと唇を噛《か》んで、きょろきょろする。

「でも……授業は難しいのですもの……魔法はぜんぜん出来ないし……」

　ふてくされた声で言われ、ユリシスはすっと立ち上がった。

「イザベラ。授業の進み具合がこれ以上遅れるようなら、お前をアカデミーには入れない」

　ユリシスがテーブルを回り込んでイザベラの前に立つと、ぽかんとした表情で見上げられた。メイド長も息を呑《の》んでユリシスとイザベラを見守っている。

「え……、アカデミーに入らないなんて……そんなことになったら」

「当然、王子との婚約も破棄される可能性が高い。アカデミーも出ていない王妃など前代未聞だからな」

「そんな……っ!!」

真っ青になってイザベラが腰を浮かせた。貴族なら王立アカデミーに通うのは極めて当然の話だ。貴族には王立アカデミーに入る試験がなく、どんな愚か者でも金さえ積めば入れる。逆に平民はかなり頭がよくないと入れない場所で、そこを首席で卒業したイザークのすごさが分かるというものだ。

「社交界に出た時に、アカデミーにも入れなかった子だと陰口を叩《たた》かれてもいいなら、そのままでもいい。だが、公爵令嬢としての矜持《きょうじ》があるなら、ある程度の学習を必ずさせろ」

強張《こわば》った表情のイザベラに、ユリシスは圧力を加えて言った。イザベラもユリシスが本気だというのが分かったのだろう。魂の抜けた様子でへなへなと椅子に座り込む。

前途多難という言葉がユリシスの頭にのしかかった。十六歳にはアカデミーに入学する。それまでにイザベラをどこに出しても文句のない令嬢に修正しなければならない。果たして間に合うだろうかと頭を悩ませつつ、ユリシスはイザベラを鼓舞した。

アンジェリカが久しぶりに屋敷へ訪れたのは、快晴のさわやかな風が吹く日だった。馬車の扉家紋入りの馬車でやってきたアンジェリカを、ユリシスは自ら迎えに出た。馬車の扉が開き、ユリシスが出てきたアンジェリカに手を差し出すと、甘い香りを漂わせて淡いピンクの春色のドレスを着て降りてくる。

「よく来てくれた。今回は無理を言ってすまない」

ユリシスはアンジェリカをエスコートしながら屋敷へ向かった。アンジェリカはつばの広い帽子を被《かぶ》っていて、優雅に歩く。

「私は約束を破らないもの。でもいい？　言っておきますけど、あなたの妹の態度が目に余るようでしたら、びしばし修正しますからね」

アンジェリカに耳打ちされ、ユリシスは小さく頷《うなず》いた。

「ただし、暴力はやめてくれ。叔母上はイザベラに対して、いつも痕《あと》が残るほど扇子で打ち付けていたようだ。もうそんな悪い記憶は蘇らせたくない」

ユリシスの言葉にアンジェリカがびっくりして目を見開く。

「なるほど。あのクソばばぁ……もとい、シャルドネ夫人ならやりかねないわね。分かったわ、あくまで口頭で指導します」

一瞬貴族の令嬢とは思えない言葉が飛びだした気がして、ユリシスは耳を疑った。横を見るとアンジェリカはすました顔で歩いている。

「お久しぶりでございます、アンジェリカ様。おいでを首を長くしてお待ち申しておりました」

屋敷の中へ足を踏み入れると、執事とメイド長、メイドたちがアンジェリカを出迎える。皆、いずれここの女主人となるアンジェリカに敬意を払っている。アンジェリカとはここ二、三年疎遠になっていたので、使用人たちはユリシスとの仲を心配していたようだ。

「久しぶりね。これからはもっと来るようにするわ」

アンジェリカは使用人たちと如才なく会話する。ふと視線を感じて振り向くと、らせん階段の陰にイザベラがいて、じっとりとした視線をアンジェリカに向けている。ユリシスの視線に気づくと、慌てたように身を隠した。

「これはリンドール侯爵令嬢。ようこそ、おいで下さいました」

イザークが玄関ホールまでやってきて、アンジェリカに一礼する。

「どうぞ、お茶の用意ができております」

執事が用意した部屋へアンジェリカを案内する。ユリシスは階段の陰に隠れていたイザベラに近づき、逃げようとした首根っこを捕まえた。

「イザベラ。観念して、アンジェリカに指導してもらえ」

ユリシスは嫌がるイザベラを引きずり、アンジェリカの待つ部屋まで連れて行った。執務中だったイザークもユリシスに促され、ついてきた。

応接室は格調高い家具で整えられた部屋で、長椅子と一人掛け用の椅子がいくつか並んでいる。猫足のテーブルにはお茶とお茶菓子が用意され、メイドがお茶を淹《い》れ始める。壁際で待機していたイザークを呼び寄せ、ユリシスは四人分のお茶を並べさせた。テーブルを囲んで、優雅に座っているアンジェリカと、居心地悪そうにしているイザベラ、恐縮するイザークが揃った。ユリシスはメイドを部屋から出すと、改めて三人を見回した。イザベラは何でイザークまでいるんだと言わんばかりの表情だ。

「他言無用だが、先に話しておきたいことがある」

ユリシスは重々しい口調で切り出した。アンジェリカとイザベラが目を丸くし、イザークがはらはらした様子でこちらを見る。

「実はここにいるイザークは予言者だ」

ユリシスがそう言ったとたん、「えええっ」と二人の口から驚愕《きょうがく》の声が響いた。

「こ、公爵様っ、それはっ」

イザークは青くなったり白くなったりしている。イザークは予言の力をあまり人に知られたくないようだが、今回二人の協力を仰ぐには予言者であることを明かさねばならない。

「イザークは公爵家の未来を視た。アカデミーを卒業する頃、イザベラが王子から婚約破棄され、俺も国に逆らって逆賊となる未来だ」

ユリシスがかいつまんで言うと、アンジェリカは持っていた扇子を落とし、イザベラはがくがく震えだした。さすがに処刑の話は過酷すぎるので黙っておいた。

「ちょっと待って、本当なの？　本当に彼にそんな力が？」

アンジェリカは落ちた扇子を拾い上げ、しきりに額を擦《こす》る。

「私が婚約破棄されるって何よ！　イザーク！　お前を許さない！　私が気に入らないからってそんなひどいことを！」

イザベラは完全に逆上してイザークに摑《つか》みかからん勢いだ。

「落ち着け。イザークの能力は本物だ。すでに何度か未来を予言して、当たっているのだ。あくまでこういう未来がこのままだと起こり得るという話だ」

ユリシスはイザベラの肩に触れ、落ち着くようにと言い聞かせた。

「ちょっと待って、いきなりそんな話受け入れられないわ。あなたが逆賊って……。でもまぁ、イザベラ嬢の婚約破棄ならありえないことではないわ」

アンジェリカは心を落ち着かせるためか、メイドの淹れたお茶に口をつける。

「何ですって⁉　いくらお兄様の婚約者だって言っていいことと悪いことがございますわ！」

カッとなったイザベラが怒りの矛先をアンジェリカへ向ける。

「あなたはまだお分かりになっていないようだけど、噂というのはどこにでも流れていくものなのよ」

イザベラのヒステリックな叫びを気にした様子もなく、アンジェリカは不敵に微笑む。

「イザベラ嬢、あなた王宮で侍女に土下座させたでしょう」

冷ややかな視線でアンジェリカが扇子をイザベラに向ける。ハッとしたようにイザベラが固まる。

「そ、それをどうして……。だってあの子が目の前でもたもたと掃除しているから邪魔で」

うろたえた口調でイザベラが身をよじる。王宮の侍女を土下座させたなんて、初耳だ。何事かとユリシスはアンジェリカに詳細を求めた。

「理由は知りませんけど、あなたが土下座させたのは男爵家の令嬢だったのよ。彼女はあなたのような子どもに足蹴《あしげ》にされてあちこちであなたの悪口を吹聴しているわ。実際、あなたの悪評なんて簡単に出てくるしね。王宮に一体何人の侍女がいると思っているの？　どこにでも目や耳はあるの。あなたが王子からすげなくされていることなんて、社交界でも有名よ」

凛《りん》とした声でアンジェリカに言われ、イザベラは真っ青になって固まった。

「ユリシスの妹だからとあなたにごまをする人はたくさんいるでしょうけど、彼女らに隙を見せては駄目。ひとたび裏へ回れば、気に入らない令嬢の悪口を言うなんて日常茶飯事。あなたの取り巻きの令嬢が、あなたのいないお茶会でどんな話をしているか知ったら驚くわよ。あなた、令嬢からもらった宝石を『クズ石ね』と横にいたメイドに流したそうね？　王子から手紙の返事が少ないと愚痴もたくさん言っていたとか。王子に声をかけられた伯爵令嬢にお茶を引っかけた話は、有名よ。それに、ドレスルームで会った夫人より自分のほうを優先させろと暴れたとか。全部、身に覚えがあるでしょう？」

諭すようなアンジェリカに、イザベラは震えて黙り込んだ。どうやらすべて身に覚えがあるらしい。妹の悪行に頭痛を覚えた。おそらくこれは一部なのだろう。

「嘘……、皆、私の悪口を言っているの……？　だって皆、私を褒めてくれるのよ？　公爵令嬢は素晴らしいって……裏ではそんなことを？」

イザベラは噂の脅威に、今にも倒れそうだ。まだ子どものイザベラは建前と本音の区別もつかないようだ。

「そんな世辞を信じるなんて愚かな真似よ。話半分ですべて聞くの。もちろん、中には本気で言っている方もいるわ。そういうのはね、目を見れば分かる。ただのおべっかか、本当に自分を好いているのか」

アンジェリカはすっと手を伸ばし、憔悴《しょうすい》するイザベラの手に重ねた。だるそうにイザベラが頭を上げ、アンジェリカを見つめる。

「はっきり言って、私の見る限り、王子はあなたにあまり興味がないわ。公爵令嬢でなければ、きっと声もかけないでしょう」

アンジェリカに断言され、イザベラが肩を落とす。

「イザークの予言通り……私は婚約を破棄されてしまうの……？　結婚相手は王子でなければ嫌！」

涙ぐんでイザベラが言い、すがるようにアンジェリカやイザーク、ユリシスを見つめる。

「――まだ公女様は幼い。ここから挽回《ばんかい》する手はあると思います」

それまで黙っていたイザークが、意を決して口を開いた。

「ああ。イザークの視た未来は厳しいが、今から変えていけば違う未来が訪れると俺も思っている。そのために、叔母《おば》上にはイザベラから遠ざかってもらった。イザベラへの悪影響の根源だったからだ」

ユリシスがそう言うと、アンジェリカは合点がいったように頷《うなず》いた。

「それでシャルドネ夫人を追い出したのね。いいと思うわ。シャルドネ夫人の下品なふるまいは目に余ったから。では、今からイザベラ嬢を教育し直しましょう。イザベラ嬢、私がこれからあなたを王子好みの女性に仕立て上げて見せますわ」

アンジェリカは急に眼を輝かせ、ぎゅっとイザベラの手を握った。イザベラは戸惑いつつも、涙を拭《ぬぐ》ってアンジェリカを見つめる。

「私、王宮で王妃付きの侍女をしていたこともあるの。だから王子の好みはよく存じておりますわ。私の言う通りにすれば、王子を虜《とりこ》にできるでしょう」

胸を張ってアンジェリカが言い出し、イザベラはすっかり勇気づけられたのか、身を乗り出している。

「本当ですか？　アンジェリカ様」

「ええ。はっきり申し上げて、王子の好みはあなたと真逆。王子は母上を敬愛なさっているから、いつも笑顔で優しい女性がお好みよ。間違っても侍女を土下座させる子ではないわ」

力強い声でアンジェリカに言われ、イザベラはショックを受けつつも神妙にしている。

「公爵令嬢として、下の者に舐《な》められてはいけないと思っただけなのに……」

「だとしても土下座は駄目。そのエピソードは特に王子の嫌悪感を招いたわ。そういう時は諭すような微笑みと、次は気をつけるようにという圧力で言い聞かせるの」

アンジェリカはイザベラにその場での振る舞いを細かく説明している。イザベラは真剣な表情でアンジェリカの教えを受けている。

このまま二人にして大丈夫そうだ、とユリシスはイザークに目配せした。イザークもユリシスの視線に気づき、そっと席を立つ。部屋に二人を残し、ユリシスは残していた仕事を片付けるためにイザークと廊下を進んだ。

「それで……どうだ？　お前は、イザベラは変われると思うか？」

イザークの目から見たイザベラはどうなのか気になり、ユリシスは首を傾けた。

「変わってほしいと思います。公女様の振る舞いが、ひいては公爵様の理想の未来へ繋《つな》がるんですから」

イザークが拳《こぶし》を握って言う。アンジェリカを屋敷へ招き、新しい風を入れた。これからイザベラをいいほうへ導けるようにと、願うばかりだった。

イザベラの更生が始まり、アンジェリカが足しげく屋敷へ通ってくれるようになった。最初はぎこちなかったイザベラも、徐々にアンジェリカに懐いていった。アンジェリカは上手《うま》くイザベラを懐柔してくれたようだ。いつの間にかイザベラは「お姉さま」とアンジェリカに抱きつくまでになった。

家庭教師は二人体制でイザベラを指導するようにして、急ピッチで進ませた。イザベラは頭が悪いわけではないのだが、嫌なことから逃げる癖がついている。時々ユリシスが監視に行き、抜き打ちテストの結果いかんによって、ドレスの質を落とすという荒業に出た。目の肥えたイザベラにとって、安いドレスほど屈辱なものはない。最高品質のドレスを着るために、勉強に精を出した。

魔法の教師は、今まで雇っていた教師を辞めさせ、水魔法に特化した魔塔に所属する魔法士を招き入れた。

「イザベラには治癒魔法が使えるかもしれないので、それを伸ばしてほしい」

ユリシスがそう告げると、魔法士は半信半疑の態度でイザベラの指導を始めた。

「驚きました。本当にイザベラ様は治癒魔法が使えるのですね」

最初の授業の後、魔法士は興奮した口調で報告した。わずかな者しか使えない治癒魔法を使えるということで、イザベラはかなり喜んだらしい。自分には兄と違って魔法の才能がないと卑屈になっていたそうだ。

「イザベラに自信を持たせてほしい。他の攻撃魔法は切り捨てても構わない。治癒に特化した魔法を教え込んでくれ」

ユリシスは魔法士にそう頼んだ。イザークが言っていたのだが、イザベラの性格が悪くなった原因の一つに、『出来のいい兄と違い、秀でた部分のない自分へのコンプレックスがあります』とのことだった。何故自分と比べるのか理解に苦しむが、イザベラに足りないのは自信と愛情かもしれないと思ったのだ。

そんな日々を過ごし始めて一ヵ月が経ち、ユリシスは国王陛下に呼ばれ、登城した。侍従に案内されて王宮内を歩いていると、シルクのシャツにズボンという恰好《かっこう》をしたアレクシスと会った。アレクシスは帯剣していて、これから剣術の稽古《けいこ》だと言う。

「父上の下へ行った後は、時間はあるか？　少し剣術の稽古につき合ってほしい」

アレクシスに意気込んで言われ、ユリシスは「分かりました」と頷いた。アレクシスは剣技の立つユリシスを尊敬しているので、暇さえあればこうして稽古の相手を頼んでくる。

アレクシスと別れ、ユリシスは謁見の間へ向かった。謁見の間は天才と謳《うた》われた画家の天井画と荘厳な柱が等間隔で並んだ部屋だ。玉座には国王が太った身体を沈ませていて、鷹揚《おうよう》な態度で謁見している貴族を見下ろしていた。ユリシスが姿を現すと、国王は謁見中の貴族を追いやるような手の動きをした。

「国王陛下に拝謁いたします。ユリシス・ド・モルガン登城いたしました」

ランドルフ国王の前に跪《ひざまず》き、ユリシスは紅玉のようだと言われる瞳《ひとみ》を向けた。一ヵ月前は何度も呼び出されていたが、最近は呼びつけが減って安心していたのだ。国王はささいな理由でも事あるごとにユリシスを城へ呼びつける。まるでユリシスを放っておくと企《たくら》みでもするかのように。

「来たか。実はアレクシスの卒業に合わせて、立太子の儀を行おうと思う。ついては、そなたにその差配を任せようと思うのだが」

国王に見下ろされながら言われ、ユリシスは顔を上げた。この国では立太子する場合、王家ではなく、立太子する王子の後見人ともなる貴族がその儀を取り仕切るのが一般的だ。どれだけ力のある貴族を後ろ盾にできるかを示すことで、今後の王太子としての立場を明確にしていくのだ。アレクシス王子を正式な次期後継者に任命するための立太子の儀――そのような大事な行事を、自分に任せるのか。

「アレクシス様を王太子に任命するのですね」

ユリシスは確認するように言った。王太子の任命権は国王にあるが、側室の第一王子の支持貴族が多いので、これまでランドルフ国王は態度を決めかねていた。

「我が息子、アレクシスこそ、次期国王にふさわしいと陛下がお決めになりました。ただ……陛下は公式の発表は儀式の半年前まで控えるようにと仰せです」

王妃が誇らしげに言う。ある程度準備が整ってから、正式に発表するようだ。

「そのような特別な儀、私のような若輩者が差配してよいのでしょうか？」

ユリシスは玉座に目を向けた。公爵家で力があるとはいえ、ユリシスはまだ若く、トラフォト公爵の老獪《ろうかい》さには敵《かな》わない。貴族界に多くの人脈を持つあちらに任せたほうがいいのではないだろうか。

「アレクシスの婚約者イザベラの兄であるあなたが、あの子の後見であると公式的に示したいのです。アレクシスはあなたを慕っておりますし」

王妃は落ち着いた口調で告げる。王妃からそういわれては断ることはできない。

「分かりました。アレクシス様の大事な儀でございます。力を尽くしたいと思います」

ユリシスは頭を下げて、拝命した。正直に言えば、婚約破棄するかもしれない王子の立太子の儀を自分が仕切るのは違和感がある。ユリシスが引き受ける以上、立太子にかかる費用はほとんど公爵家が賄うことになる。その分国内にはモルガン公爵家の力が強まるが、あまり旨みのある話ではない。仕事が増えて、うんざりする。

「よかったわ、あなたに任せたら安心でしょう」

王妃は花のような微笑みを浮かべている。くわしいことは後日、官僚と共に打ち合わせを始めるということになり、ユリシスは謁見の間を出て訓練場へ向かった。訓練場は王宮の裏側にあり、地面を均《なら》しただけの広大な土地が広がっている。近衛《このえ》兵や騎士の訓練場として利用されるが、アレクシスもよく護衛騎士と剣を交えている。

「ユリシス、思ったより早かったな」

護衛騎士と打ち合っていたアレクシスが気づき、剣を収めて駆け寄ってくる。アレクシスの護衛騎士はアカデミー時代にユリシスと交流のあった青年たちで、ユリシスに気づくと一礼してきた。アカデミー時代は気さくに話せた彼らも、卒業後は公爵に対する礼儀を尽くす。

「アレクシス様、このたびは立太子の儀を迎えられること、お喜び申し上げます。僭越《せんえつ》ながら、立太子の儀の差配を任せられました。不肖の身ですが、万全を尽くすことを誓います」

ユリシスがアレクシスに微笑みかけると、ぽっと頬が赤くなる。

「引き受けてくれたのだな、ありがたく思う。実は私から母上にユリシスにしてもらうのはどうかと言ってみたのだ。父上はそなたを警戒しているから、少しでも心証をよくしたくてな」

アレクシスが照れたそぶりで言い、ユリシスは意外に感じた。アレクシスから言い出したとは思わなかった。アレクシスも国王とユリシスの微妙な関係に気づいているのだろう。ユリシスはそんな気などないのに、ランドルフ国王はユリシスを信頼していない。イザーク曰《いわ》く、ランドルフ国王はユリシスへの容姿に関する妬《ねた》みがあるらしい。

「お気遣い、ありがとうございます」

ユリシスはハンカチを取り出し、汗ばんだアレクシスの額にそっと当てた。

「ときにユリシス。最近、イザベラはどうかしたのか？」

アレクシスはユリシスの差し出したハンカチで汗を拭《ぬぐ》い、ふと気になったように問いかけてきた。

「どうか、とは……？　何か問題でも起こしましたでしょうか？」

ユリシスが胸に手を当てて尋《たず》ねると、アレクシスは首を横に振る。

「いや、何も起こしてはおらぬ。というか……以前は私にまとわりついてしつこかったのに、何故かここのところ大人しくてな。いや、私としては今のほうがいいのだが」

アレクシスが首をかしげ、ユリシスは深く頷《うなず》いた。アンジェリカの指導が少しずつ形になっているようだ。アンジェリカの話では、王子はぐいぐい来られると引くタイプなのだそうだ。だからしつこくつきまとう真似を止めさせ、何かあった時は声をかけるという態度に変えさせたという。

「それにこの前は、転んだ侍女に手を差し伸べてな……。イザベラ嬢らしからぬと皆驚いていた。何か変なものでも食しただろうか？」

本気で困惑しているアレクシスに、ユリシスは無言になった。アレクシスがイザベラをあまり好いていないのは知っていたが、ひどい言われようだ。内心カチンと来て、こんな男にイザベラを任せて大丈夫だろうかと不安になる。

「あ、いや今のは言いすぎた。それだけ驚いたと言いたいだけだ。ユリシスが妹を愛しているのは知っているよ。最近のイザベラは私も嫌いではない」

ユリシスの顔色を窺《うかが》い、アレクシスが急いで言う。

「実は今、アンジェリカ嬢が我が家に滞在しておりまして。彼女の指導のおかげか、いずれ王妃となる者としての自覚が芽生えたようです」

　ユリシスは苛立《いらだ》ちを抑え込んで、淡々と述べた。

「そうか、アンジェリカ嬢と！　噂では不仲と聞いていたが、そうでもなかったのだな。安心したよ。いや、彼女らにとっては失望かな」

　アレクシスが訓練場から見える渡り廊下に目をやって笑う。渡り廊下のところに侍女たちが数名いて、こちらをちらちらと見ている。

「王子を見に来たのですね」

　ユリシスが平然と答えると、アレクシスが顔を引き攣《つ》らせる。

「いや、どう見てもユリシスを見に来たのだろう？　そなたが王宮に来ると、女性たちが騒いで大変だよ」

「ご冗談を。私が王宮内を歩くと誰も目を合わせようとしませんし、逃げていくばかりですから」

　ユリシスが失笑すると、アレクシスがぽかんと口を開けた。

「王子、ユリシスは自分が女性に嫌われていると思い込んでいるので無駄ですよ。学生時代もこんな感じでしたから」

　王子の後ろにいた護衛騎士の一人がひそひそと話しかける。

「うーん、何でだろうな？　鏡を見たことがないのか？」

「固定観念がすごいんです。恋文をもらっても、嫌がらせか果たし状と勘違いする男ですから」

こそこそと目の前で話され、ユリシスは眉間《みけん》にしわを寄せた。

「ところで今度、公爵家に挨拶《あいさつ》に行こうと思うのだが。イザベラ嬢のデビュタントがあるだろう？」

　思い出したようにアレクシスが言う。アレクシスの言う通り、三カ月後にはイザベラのデビュタントがある。城では大きなパーティーが開かれ、十五歳になった貴族の令嬢は国王陛下に顔見せするのだ。

「イザベラ嬢のドレスを贈らせてほしい」

　アレクシスから当然のように言われ、ユリシスは頭を下げた。

「ありがたいお申し出でございます。イザベラも喜ぶでしょう。ぜひお招きしたいと存じます」

　イザベラのドレスをそろそろ発注しなければならないと思っていたところだ。婚約者がドレスを贈るのはよくあることだが、イザベラとアレクシスの仲があまりよくないので、期待は薄いと思っていた。

「これくらい、当たり前だよ」

　アレクシスの態度を見ている限り、イザークの心配は杞憂《きゆう》に終わりそうだ。少しばかり安心して、ユリシスはアレクシスの剣の稽古《けいこ》につきあった。

屋敷へ戻ると、アンジェリカとイザベラが東屋《あずまや》で仲良くお茶を飲んでいた。最初は反発気味だったイザベラは、今やアンジェリカに傾倒して見えない尻尾《しっぽ》を振るまでになっている。アンジェリカの言う通りにしたら、アレクシスから優しくしてもらえたのが効いたらしい。

「アンジェリカ、君のおかげで王子のイザベラへの心証がぐっとよくなった。王子がデビュタントのドレスをイザベラに贈りたいと言ってきた。次の日曜日に、こちらへ来るそうだ」

ユリシスがイザークを伴って二人に報告に行くと、イザベラは興奮のあまり、真っ赤な顔で椅子を倒して立ち上がった。

「本当ですの⁉　アレクシス様が⁉　私にドレスを！」

きゃあきゃあ言いながらイザベラが飛び跳ね、ユリシスは苦笑した。こんなふうに子どもっぽく喜ぶイザベラを久しぶりに見た。そういえば執事の話では、アレクシスからほとんど贈り物をされていないと聞いた。

「立太子の儀も任されることになったので、少し立て込むかもしれない」

ユリシスが空いている椅子に座って言うと、急にイザークが「ドレス選び！」と声を張り上げた。イザークの声が大きかったので、ユリシスもアンジェリカもイザベラもぴたりと止まる。

えた。

「あ……、も、申し訳ありません」

イザークは目を泳がせて口元に手を当てる。ユリシスはピンときて、イザークを見据えた。

「予言があるのだな？　教えてくれ」

イザークの態度から、ドレス選びで何か起きるのを察した。アンジェリカとイザベラも、真剣な面持ちで身を乗り出している。イザークは困ったようにユリシスを見やり、咳払《せきばら》いして口を開いた。

「そのドレス選びで困ったことが起こりまして……」

イザークは頭を掻《か》きつつ言いよどむ。

「何が起こりますの？」

イザベラは両手を組んで、固唾《かたず》を呑んでいる。

「有名なお店のドレスルームで公女様がどのようなドレスにするか悩むのですが、それがあまりに長いので、王子がしばらく街を歩き回るのです。その時に、王子は暗殺者に狙われ……主人こ……いえ、可愛らしい平民の女性に助けられるのです。王子はこの女性に好意を……、これがいわゆる回想シーンで入る伏線イベント……」

イザークは額の汗を拭いながら言う。最後のほうはぶつぶつ言っていて聞き取れなかった。

「王子が街で誰かを見初めるですって？　しかも賊に狙われるとは一大事ではないです

か！」

　アンジェリカは事の大きさに声を荒らげる。

「確かに、本当なら危険だ。というか、わざわざ店に行く必要はないだろう。屋敷へ呼びつければいい」

　ユリシスが当然のように言うと、イザークも表情を弛《ゆる》めた。

「そうですよね。公爵家ですし、デザイナーを屋敷へ呼ぶものですよね。では大丈夫かな」

　イザークは安堵《あんど》したように言い、ユリシスも大丈夫だと断言した。すぐに執事に、王子が来る日に合わせて王家も利用する服飾店のデザイナーを呼びつけるよう命じた。

　これで大丈夫なはずだった。だが、イザークの予言がそう簡単に防げるものではないと、後日ユリシスたちは思い知るのだった。

4 狙われた王家

アレクシスが来訪する日曜日、ユリシスは万全の態勢で待ち構えていた。アンジェリカに指導され、イザベラは王子好みの清楚《せいそ》なドレスを身にまとって待っていた。

通りから王家の家紋入りの馬車が現れ、大きく開いた門から屋敷内へ入ってくる。

「アレクシス王子、おいでをお待ちしておりました」

馬車からアレクシスが降りてくる。仕立てのよい服を着て、手に持っていた白い薔薇《ばら》の花束をイザベラに差し出す。イザベラは頬を紅潮させ、うっとりとして受け取る。

「お招きありがとう。ユリシス、イザベラ嬢を少しお借りしていいだろうか？　実はこれまで母上のためにドレスを作っていた者が、新しく店を出してね。イザベラ嬢のドレスはぜひそこで作りたいのだが」

中へ招こうとしたユリシスを制し、アレクシスが思いがけない発言をする。

「そ、れは……」

ユリシスはハッとしてイザベラを振り返った。わざわざ屋敷内へデザイナーを呼びつけたというのに、まさか王子のほうから店へ行こうと言い出されるとは思わなかった。

しかも断りにくい内容だ。王子相手に嫌だというわけにもいかない。

「そうでしたか。では少々お待ちいただけますか？」

ユリシスは出かける支度をさせると言って、馬車にアレクシスを残したまま、いったん屋敷へイザベラと共に戻った。

「大変だ。町へ出かけることになった」

玄関ホールで王子を待ち構えていた使用人の中からイザークを引っ張り出し、ユリシスは小声で伝えた。

「ええっ。まずいじゃないですか！　絶対主人こ……いえ、運命の娘と出会うイベントが起こりますよ！」

イザークも青ざめている。イザベラは王子からもらった白い薔薇を侍女に渡して飾ってくれと頼んでいる。もらった花がよほど嬉《うれ》しかったのか、この後、街へ行くことは頭にない。

「王子が賊に襲われると言っていたな？　だとすれば、それを阻止するしかないな。要はその平民の女性に助けられなければいいんだろう？」

ユリシスは髪をぐしゃりとして、目を光らせた。

「そうですね。確かに……」

「仕方ない。俺も同行しよう。イザーク、お前も来い」

ユリシスは呆気《あっけ》にとられるイザークに出かける支度をさせ、執事に馬車を用意させるよう命じた。支度が整うと、ユリシスはイザベラとイザーク、護衛騎士のニースたちを伴ってアレクシスの前に戻ってきた。

「お待たせして申し訳ありません。街へ行くとなれば、御身に大事があってはなりませんので、私も同行します」

ユリシスが強い口調で言うと、アレクシスが目を丸くする。

「護衛の騎士もいるし、大丈夫ではないか？　イザベラ嬢はきちんと送り届けるよ？」

アレクシスは過保護だと言わんばかりの態度だ。確かに王子は護衛の騎士を四人引き連れている。

「いえ、大事な妹の晴れ舞台となるドレス選びですから慎重にいかないと。我が家の馬車で追尾しますので、どうぞご同行を許可して下さい」

圧を持ってユリシスが迫ると、アレクシスが戸惑いつつ「わ、分かった」と答えた。

アレクシスの馬車にはイザベラが、ユリシスの馬車にはユリシスとイザークが乗り込み、護衛騎士たちは馬でついていくことになった。

イザークと馬車の中で、いかに王子を街へ出させないかを話し合う。王子が街へ出たのはイザベラがドレスルームで悩みすぎるせいだ。こうなったらイザベラではなく、王子にドレスを選ばせるしかない。

三十分ほどして馬車は王都の東地区に新しく出来た服飾店に辿《たど》り着いた。馬車から降りると、王家御用達《ごようたし》と書かれた看板と共に立派な外観の店が建っている。アレクシスとイザベラはいい雰囲気で店の中へ入っていく。ユリシスとイザークは周囲を気にしつつ、一緒に店の中へ入った。護衛騎士は店の外で待たせた。

「お待ちしておりました」

店に入るとすぐに眼鏡をかけた中年女性が出てきて、アレクシスとイザベラを出迎える。おそらく店主だろう。アレクシスとは顔見知りのようで、にこやかに接待している。その顔が、ユリシスを見つけて、驚きの声を上げる。

「こ、これは！　公爵閣下！　まさか閣下までおいでとは」

焦った様子の店主にユリシスは軽く頷《うなず》き、店内を見渡した。落ち着いたシックな色の壁紙に格調高い店の造りをしている。いくつか華やかなドレスは飾ってあるが、基本的には一点物の製作をしているようだ。飾ってあるドレスはどれもセンスがいい。

「アレクシス様から伺っている。妹のドレスをよろしく頼む」

ユリシスは食い入るように自分を見つめる店主に声をかけた。

「は、はいいぃっ、それはもう！　お任せ下さい！　あの、よろしかったらいつか閣下の服も……っ、あ、いえ、私などがおこがましい」

店主は何故か興奮した様子でまくしたてる。横で聞いていたアレクシスが、おかしそうに笑った。

「イザベラ、着たい服を注文するといい。時間がかかるようなら、私は外で……」

「アレクシス様！」

ユリシスは外で待つと言いかけたアレクシスを大きな声で遮った。アレクシスがびっくりしている。

「イザベラのドレスはアレクシス様が選んでくれませんか？　イザベラもそう望むでしょう」

ユリシスはイザベラに目配せをした。それまでうきうきした様子で店内を見ていたイザベラは、「は、はいっ、そうしていただきたいです！」と手を合わせる。

「そ、そうか？　では……私の瞳《ひとみ》と同じ青系のドレスにするのはどうだろう」

アレクシスはそう言いながら、イザベラと共に奥にある部屋へ向かう。ひとまずこれでアレクシスが街へ出る可能性が減ったとユリシスは安堵した。

「公爵様、私、周囲を見て回ってきてよいでしょうか？　もし運命の娘……がいたら、大変ですから」

イザークは小声でユリシスに耳打ちする。

「分かった。もし見かけたら、その者を探ってくれ。だが、結構人が多いぞ？　一人で大丈夫か？」

ユリシスが案じたのも無理はない。この店は広場に近く、周囲には人気の店も多い。通りを歩く人の数は多く、特定の人物を探しだすのは難しい。

「いえ、目立つ人物ですから……いれば必ず分かります。ピンク髪とかコスプレーヤーでなければありえないし……」

イザークは思い詰めた様子で店を出て行く。コスプレーヤーとは何だろう？　ユリシスは壁際に置かれたソファに腰を下ろし、イザベラたちが戻るのを待った。すると十五分ほどして、アレクシスだけがこちらの部屋に戻って来る。

「アレクシス様、どうかなさいましたか？」

ユリシスがソファから立ち上がると、アレクシスがはにかんで笑う。

「いや、イザベラ嬢はフィッティングルームへ行った」

アレクシスはちらりとドアのほうへ目を向ける。フィッティングルームは女性が下着状態になりサイズを測る場所だ。アレクシスは気を遣って出てきたのだろう。

「実はこの近くに宝飾店もあるのだ。イザベラ嬢に贈る宝石を見に行こうと思う」

アレクシスはすっと店を出て行こうとする。イザベラに贈る宝石と言われては止められない。

「お供します」

ユリシスはすぐさまアレクシスにぴったり張りついて店を出た。店の外にいた護衛騎士は二人が店に残り、二人がアレクシスについてきた。ニース達はユリシスについてくる。イザークはどこまで見に行ったのか、姿が見えない。宝飾店は数軒先にあり、ユリシスは賊が現れないか気にしつつ歩いた。

その時だ。後方から騒がしい声と音が響いてきた。

「危ないぞ！　避《よ》けろ！」

男の怒鳴り声が聞こえた。馬車が砂埃《すなぼこり》を上げて通りを爆走しているのが見える。御者が泡を喰《く》ったように「助けてくれぇ！」と叫んでいる。馬車を引く馬の様子が明らかに変だ。おそらく馬が暴れて馬車の制御が利かなくなったのだろう。

「王子！」

護衛騎士がアレクシスの前に立って、こちらへ向かってくる馬車を避けようとする。護衛騎士がアレクシスを馬車から遠ざけようとしたのに、何故か馬たちは言うことをきかず、アレクシスのいるほうへ突進してくる。

「氷魔法――」

ユリシスは素早く前に飛び出て、魔法の詠唱をした。右手を馬車に向けて翳《かざ》すと、氷魔法が発動して、今まさにぶつかろうとしていた馬たちの脚から頭まで一瞬にして氷漬けにした。馬車の半分まで凍ったところで、派手な音を立ててその場に崩れる。どうっという音と共に砂煙が舞った。馬車の車輪が外れてどこかへ転がっていき、乗っていた御者が椅子から滑り落ちる。

「う、うわぁ……すごい！」

固唾《かたず》を呑《の》んで見守っていた市民たちが、止まった馬車に喝采《かっさい》を上げた。

「王子！　大丈夫ですか⁉」

護衛騎士はアレクシスを囲んで青ざめている。ユリシスが振り返ると、アレクシスが驚きつつも立ち上がった。

「私は傷一つない。ユリシスのおかげだな」

アレクシスはユリシスに向かって微笑む。ユリシスも安堵《あんど》して、急いで氷漬けにした馬車に近づいた。その時、ふと殺気めいた視線を感じた。

(何だ、この視線は——)

ユリシスは鋭い視線を通りの裏道へ注ぐ。そこに黒マントを羽織った長身の男が立っていた。フードを深く被《かぶ》っているので顔までは分からないが、異様な気配を感じた。男はユリシスに気づいたのか、さっと踵《きびす》を返して路地裏へ消え去った。

「王子を守れ」

ユリシスはニース達にその場に残るよう命じ、素早い動きで路地裏へ駆けた。建物と建物の間の細い路地は、薄暗く埃っぽかった。ユリシスは男を捜し、奥へ奥へと入っていった。ふいに建物の陰に消えかけた男を見つけ、ユリシスは距離を詰めて、その腕を摑《つか》んだ。

「お前——」

フード付きの黒いマントを羽織った男が、振り返る。フードからブルネットの髪がこぼれ、サファイヤのごとき青い瞳と目が合った。凜々《りり》しい顔立ちの青年だ。一瞬混乱したが、記憶にある顔と合致した。——城にいた氷細工師だ。

「離せ」

男はユリシスを睨《にら》みつけて、腕を振り払う。逃げるかと思ったが、男はハッとしたように逆にユリシスの頬に触れてきた。男の指先に血がついている。気がつかなかったが、先ほどの騒動で馬車の木片が頬をかすめ、ユリシスの頬から血が出ていた。

「お前、あの時の氷細工師だな？」

ユリシスは頬の傷をぐいっと腕で擦《こす》り、男を正面から見据えた。あの時は金髪で眼鏡をかけていたが、背恰好《かっこう》とまとう雰囲気は間違いなく同じ男だ。

「先ほどの馬車の事故……、貴様がやったのか？」

ユリシスは腰から剣を抜き、油断なく見据えて詰問した。馬車の事故を見てすぐに逃げ出そうとしたし、城にいた時と違う風体をしているのは、後ろ暗いところがあるせいとしか思えない。

「モルガン公爵、証拠もないのに決めつけるな。馬車の件は……面倒ごとに巻き込まれたくなかっただけだ」

男は動揺したそぶりもなく、ユリシスをじっと見つめ返した。城で会った時とは、態度がぜんぜん違う。その視線があまりにも強く、ユリシスは戸惑いを隠しきれなかった。

「……あの時は変装していたのか？　それとも、今が変装しているのか？」

ユリシスが鋭い声で問うと、男は黙り込んだ。イザークは目の前の男が王家を狙っていると言っていたが、証拠はない。捕縛すべきかと悩んでいると、男の背後から人影が現れた。

「ジハール、時間がない。もう行くぞ」

小柄な男性が焦れたように声をかけてきた。ユリシスの姿が見えなかったのだろう。ユリシスに気づき、ハッとしたように身体を固くした。目の前にいる男と同じく黒いマントを羽織り、フードを深く被った十五、六歳の少年だ。浅黒い肌に翡翠《ひすい》色の瞳、黒髪に利発そうな顔立ち――ユリシスはその顔に見覚えがあって、身を引き締めた。

「――フェムト王子でございますね？　何故このような場に？」

とっさに剣を鞘《さや》に納め、ユリシスは窺《うかが》うような目つきになった。グラナダ王国の第三王子であるフェムト・トラビアーナの顔は以前国交会議で見たことがある。グラナダ王国の王族がフィンラード王国に来ているという情報は聞いていない。

「モルガン公爵……。すまない、今日はお忍びで来ているんだ。彼は私の護衛騎士だ。何があったか知らないが、この場は容赦してくれ」

フェムト王子もまたユリシスの顔を覚えていた。気まずそうなそぶりでジハールと呼んだ男の背中を押す。氷細工師ではなく、護衛騎士だというのか。ますます怪しいが、王族に命じられた以上、ユリシスは引き下がるしかない。

「……分かりました。今、どちらに宿泊されておいでですか？　念のため、私のほうからも護衛の騎士を寄こします」

お忍びで来たと言っているが、グラナダ王国は海の向こうにある。ひそかに来たとしても、身を寄せる場所があるはずだ。他国の王族に何か起きたら国際問題に発展する。

ユリシスが一歩前に進み出ると、フェムト王子がジハールのマントを引っ張る。

「フラナガン伯爵の下に身を寄せている。心配する必要はない。ジハール、行くぞ」

フェムト王子がせっつくように言ったとたん、ジハールはフェムト王子の身体を抱き上げ、いきなり跳躍した。建物の壁面の窓枠に足をかけ、二階建ての建物の屋上へ飛び乗る。驚くべき身体能力だった。ジハールは何か言いたげな表情でフェムト王子を抱えたまま消えた。

追いかけようか迷ったが、これ以上の詮索《せんさく》は外交問題に発展するのでやめておいた。

ユリシスは仕方なく路地裏から表通りへ戻った。崩壊した馬車の下へ行くと、現場の周囲には野次馬が出来ていた。護衛騎士は御者の手当てをして事情聴取をしている。アレクシスは店に戻ってもらったそうだ。

「公爵様、御者ですが、急に馬の様子がおかしくなったと言っております」

現場に戻ったユリシスに、ニースが報告する。走っている途中で馬が泡を吹き、制御不能となって駆け出したという。ニースに話を聞いているうちに遅れて警備隊が駆けつけ、公爵に気づいて騒然となった。

「これは公爵閣下！」

あまり騒ぎにはなりたくなかったので、ユリシスは第一王子がいるのを明かさなかった。

「後始末を頼む。馬に細工をされた可能性があるので、調べてくれるか？」

ユリシスは敬礼してきた警備隊長に、厳しい声で命じた。警備隊長と話している間に、イザークが戻ってきて、事件が起きたことに顔面蒼白《そうはく》となる。

「あの……公爵様、実は運命の娘を見つけました」

イザークはユリシスに寄り添って小声で打ち明ける。

「そっと見て下さい。あの野次馬の中に、ピンク色の髪の少女がいますよね？」

イザークに囁《ささや》かれ、ユリシスはさりげなくそちらへ目を向けた。人だかりの中に、確かに珍しい色の髪をした少女がいる。容姿まではよく見えないが、あれがアレクシスと運命の恋に落ちるという少女か。王国には時々変わった髪色の子が生まれてくる。銀髪のユリシスも珍しいが、ピンク色の髪も珍しい。

「あの少女について調べてきてくれ」

ユリシスは少女に背を向けてイザークに命じた。イザークは小さく頷《うなず》いて、そっとその場から離れた。

警備隊長に馬車の調査を終えたら報告に来るよう命じ、ユリシスは服飾店に戻った。

「お兄様、大変でしたね」

店内ではイザベラがアレクシスと話していて、戻ってきたユリシスに安堵の表情を浮かべる。

「ああ。だが、問題はない。あとは警備隊に任せればいい。それよりドレスは決まったか？」

ユリシスはイザベラの肩に手を置き、優しく言った。

「はい。あとは出来上がりを待つだけですわ」

イザベラは嬉《うれ》しそうにユリシスを振り返っている。騒ぎが起きたのもあって、アレクシスはイザベラに贈る宝石は別の日に決めると言った。

「では、屋敷へ戻り、夕食でもいかがでしょうか。イザベラも、アレクシス様とまだ一緒にいたいようですし」

ユリシスがそう申し出ると、アレクシスもまんざらでもないのか素直に受け入れた。

帰りの馬車にイザークはいなかった。あの少女の調査が終わるまでは戻ってこないだろう。それにしてもまたイザークの言った通りの出来事が起きてしまった。アレクシスと少女の出会いは潰《つぶ》せたが、ジハールという謎の男もいたし、前途多難だ。

(だがイザベラとアレクシス様の関係は今のところ悪くない。このまま二人の仲がこじれないよう見守れば、破滅の道へは進まないはずだ)

揺れる馬車の中、不穏な気配が迫りくるのを感じ、ユリシスはため息をこぼした。

デビュタントの日が刻々と迫っていた。

イザベラは最近、すっかり明るくなった。メイドを虐《いじ》めることもしなくなったし、むしろ持っていたいらない宝石やアクセサリーを下賜して仲良くなっているという。それもこれもアンジェリカのおかげと思い、ユリシスは彼女の求めるまま、あらゆるパーティーのエスコートに励んだ。

「まぁモルガン公爵よ。最近、侯爵令嬢とよく一緒にいるわね」

アンジェリカとパーティーに出席すると、貴婦人たちがユリシスたちを見て、ひそひそ話すのが聞こえた。

「公爵閣下、リンドール侯爵令嬢、お久しぶりでございます」

ユリシスだけの時は声をかけてこない出席者も、アンジェリカと一緒にいると声をかけやすいのか、恐れもなく寄ってくる者が多くなった。貴婦人はアンジェリカに声をかけているにも拘《かか》わらず、ちらちらとユリシスを見る。少々わずらわしい視線なので、ユリシスは通り一遍の返答をした後は無言でアンジェリカの横に立っている。

「公爵閣下、我が家の庭は素晴らしいでしょう?」

モデリニウム伯爵家の茶会に出席した際は、モニカ・モデリニウム伯爵令嬢が艶《なま》めいた眼差しで話しかけてきた。モデリニウム家は王妃も絶賛したという美しい庭を持っている。よほど腕のいい庭師を雇っているのだろう。どれほどのものかと思い、ユリシスはアンジェリカに同行したのだが、確かに広い庭には動物の形を模したトピアリーがあちらこちらにあって、女性が好きそうな景観になっていた。

今日の茶会には伯爵家の令嬢が三人、男爵家の令嬢が二人、それから伯爵家の令嬢の婚約者の男性が二人出席していた。庭にテーブルと椅子をセッティングして、彩りのよい果物や菓子、軽食を用意している。庭を見て回ろうとアンジェリカに誘われ、ユリシスは席を立った。するとすぐさまモデリニウム伯爵令嬢が近づいてきて、熱っぽい声でユリシスの参加に礼を言ってきた。

「公爵閣下においでいただき、光栄ですわ。公爵閣下が最近は社交界に姿を現しているので、女性陣は皆色めき立っているのですよ」

モデリニウム伯爵令嬢は色白で目がぱっちりした可愛らしい容姿をしている。切れ長の瞳《ひとみ》で大人びたアンジェリカとは正反対といえよう。

「まぁ、私の婚約者殿が人気者で嬉しいわ」

アンジェリカは扇で口元を覆い、ユリシスに密着するように腕を絡めて言った。気のせいかモデリニウム伯爵令嬢とばちばちと視線をぶつけ合っている。

「公爵閣下に、ぜひお庭を案内させて下さいな。自慢の庭ですのよ」

モデリニウム伯爵令嬢は、アンジェリカを気にすることなくユリシスに寄り添ってくる。うるうるした瞳で見つめられ、ユリシスは眉根《まゆね》を寄せた。

「顔も赤いし、目も潤んでいるようだ。体調がよくないのではないか？　日差しがきついし、令嬢は座っていたほうがいいのでは」

ユリシスが首をかしげて言うと、モデリニウム伯爵令嬢のこめかみが引き攣《つ》り、アンジェリカが思わずといったように噴き出した。

「ユ、ユリシスったら……、そ、そうね。モニカは具合が悪いのよ、きっと。主催者ですもの、気苦労が多いわよね」

アンジェリカは肩を震わせて笑っている。何故アンジェリカが笑っているのか謎だが、モデリニウム伯爵令嬢は悔しそうに扇子を握りしめる。

「……そうさせてもらいますわ」

モデリニウム伯爵令嬢は引き攣った笑みをユリシスに向けた後、去り際にアンジェリカをきつく睨《にら》みつけていった。あまり仲がよくないようだ。

「ふふ……っ、くっ、モニカのあの顔ったら……！」

人気がなくなったところでアンジェリカが耐えかねたように笑い出した。何がそれほどおかしかったのか分からないが、アンジェリカの機嫌がいいのはいいことだ。

「ところでアンジェリカ。イザベラのデビュタントを終えたらしばらく領地に戻るので、エスコートができない」

リスの形に刈り込んでいる低木を眺め、ユリシスは思い出して言った。

「ええ、分かっているわ。たくさんパーティーに出てくれてありがとう。おかげで氷の貴公子から嫌われている婚約者という噂を払しょくできたわ」

日差しを気にしてか、アンジェリカは日傘を広げる。ユリシスはそれを受け取り、アンジェリカに日が当たらないように掲げた。

「くだらない噂だな。俺は君を嫌ったことなどない」

ユリシスが何の気なしに言うと、アンジェリカの足が止まる。するりと腕に絡んだ手が解けた。

「……ふーん」

アンジェリカが珍しく子どもっぽく頬を膨らませ、そっぽを向く。まさかと思うが照れているのだろうか？　いや、あのアンジェリカが照れるようなことは言っていない。

「それよりイザベラの面倒をよく見てくれた。おかげでアレクシス様との関係は良好だ」

立ち止まったアンジェリカを促すように言うと、再び腕が絡んでくる。

「ええ、イザベラ嬢はだいぶよくなったわ。でも安心しては駄目よ」

ふっとアンジェリカの目が怖くなる。

「イザベラ嬢が今、他人に優しくできているのは、王子から優しくされて浮かれているだけだから。性格というのはそんなに簡単に変わらないわ。だから王子から冷たくされたり、嫌なことが起きたりすると、また前のイザベラ嬢に戻ると思うの」

アンジェリカの忠告は耳に痛かった。確かに数年がかりでシャルドネ夫人から洗脳された思想が簡単になくなるわけはない。

「頭の痛いことだな」

ユリシスはイザークから聞いた未来に思いを馳《は》せた。アカデミーに入ってアレクシスの心が別の女性に奪われたら、イザベラは嫉妬《しっと》でおかしくなってしまうのだろうか？

「そういえば父から聞いたのだけど、市井に聖女候補がいるのですって」

ふと思い出したように言われ、ユリシスはぎくりとした。イザークが言っていた運命の娘とやらが、とうとう噂に上るほどになった。

一カ月前にイザベラのドレスを選びに行った先で見つけたピンク色の髪の少女――。イザークがその後調べた話によると、パン屋の娘ということだった。名前はマリア。近所でも評判の理知的な娘で、魔法を習ったこともないのに、治癒魔法が使えるらしい。

「聖女候補か……」

ユリシスは頭を悩ませた。聖女というのは、当代でもっとも治癒魔法が上手《うま》く操れる者の称号となっている。現在の聖女はアマルエット大神殿に所属している齢《よわい》七十の老婦だ。現聖女は年齢的な問題もあって、そろそろ後継者に後を任せたいと言っている。三年後、次の聖女候補を決めるべく、会議が行われる。イザークの話では、マリアという少女が大抜擢《ばってき》されて次の聖女になるらしいが……。

「イザベラ嬢も治癒魔法ができるそうね。候補に名を連ねるのかしら？」

アンジェリカには聖女に関する話はしていないので、のんきに言っている。

聖女というのはたとえどんな身分であろうと、その称号を抱いた瞬間、王族に匹敵するくらいの地位を得る。マリアが平民であろうと、聖女になったら王子との婚姻もあり得るのだ。イザベラはアレクシスを好いているので、できたらこのまま婚姻まで進んでほしい。だがイザークの話によると、マリアが誰を好きになるかでそれは叶《かな》わぬ話になるらしい。たかが一人の少女が好きになる相手で妹の未来が変化するなんて、馬鹿馬鹿しい話だ。

「どうだかな……」

ユリシスは重苦しい声で呟《つぶや》いた。

少女のことはともかく、あの時暴走した馬車について調べてもらったが、馬に興奮剤が盛られていたことが判明した。御者の話によると、広場に来る前まで馬に異変はなかったらしい。一度客を下ろすために宿屋の前で馬車を停めたので、そこで誰かに細工をされたのだろう。宿屋からユリシスたちが赴いた服飾店は近く、もし王子を狙っての犯行なら、由々しき事態だ。アレクシス王子があの店に寄ることを知っているのは、ごく限られた人物だけだ。単なる偶然なのか、それとも王家に悪意を持った者の仕業なのか……。

あの日見かけたジハールとフェムト王子も気になる。後からフラナガン伯爵に確かめたが、グラナダ王国と縁があり、フェムト王子がお忍びで遊びに来ている時は伯爵家に泊めているそうだ。

(気になるが……。まずはイザベラのデビュタントだな)

目下のところユリシスにとっての重大事項はイザベラのデビュタントだ。イザークの予言曰《いわ》く、その日第二王子が危険にさらされるらしい。

イザベラのデビュタントを無事に終えるために、ユリシスは全力を尽くさなければならないのだった。

瞬く間に日は過ぎ、イザベラのデビュタントの日がやってきた。

今宵、王宮ではパーティーが開かれ、十五歳を迎えた貴族の令嬢は、国王陛下と王妃の前に挨拶《あいさつ》に伺う。デビュタントをすませないと貴族令嬢は王宮で行われるパーティーに参加できないので、貴族令嬢にとっては重要なイベントだ。

その日は朝からイザベラは身支度に追われていた。侍女たちは念入りにイザベラを磨き上げ、美しく髪を結い、誰よりも細い腰を目指してコルセットを締め、アレクシスから贈られた見事な刺繡《ししゅう》が施されたドレスを身にまとう。

「イザベラ。今日は大切な日だ。お前の美しさは誰の目にも明らかだ。自信をもって行きなさい」

礼服を着たユリシスは、着飾った妹の肩に手を置き、じっと見つめて言った。

「はい、お兄様」

イザベラは緊張感を滲《にじ》ませつつ、今宵のパーティーに興奮している。日が暮れた頃、ユリシスは家紋入りの馬車でイザベラと共に城を目指した。

「あの……お兄様？　何でイザークまで？」

イザベラは馬車にイザークも乗っていることに不審を抱いている。デビュタントに関係ないので、イザベラの疑問はもっともだ。

「イザークは……用心棒だ」

ユリシスが考えあぐねて言うと、イザベラが目を細める。国内に敵なしと言われるユリシスの口から、文官であるイザークを用心棒というのは無理があったかもしれない。

イザークから今宵、第二王子が危険にさらされると聞かされてから、どうやってそれを阻止するかに頭を悩ませた。王家に危険を知らせるわけにはいかなかった。そもそもどんな危険が起きるかも分からないのだ。イザークに予言の力が、などと言ったら神官を呼び出されて能力を測られてしまうし、暗殺の情報を得たなどと言ったら、情報の出所を詳しく調べ上げられてしまう。イザークは神殿と関《かか》りを持ちたくないようだった。神官に調べられるくらいなら、予言は明かさないと頑《かたく》なな態度だ。

「予言の力によると、トーマス王子は公女様のデビュタントで亡くなります。弟の死は自分の責任と、これ以後第一王子は性格が暗くなります。弟を死なせた後悔を、運命の娘が癒すのですねー。何で死んだか、くわしいことはまったく覚えて……いや、視えてきません」

今回の件に関してイザークは申し訳なさそうに明かした。イザークの未来視は大きな力だが、時々それを思い出したように告げるので、厄介この上ない。トーマス王子の危機とあらば、公爵家としても何としても阻止しなければならない。だが、いつ、どこで、誰がどんなことを、というのがさっぱり分からないので、雲を摑《つか》むような話だ。

「お兄様はイザークと本当に仲がよろしいのね」

イザベラは呆《あき》れた口調だ。

「イザベラ……お前、自分が聖女候補になりたいと思うか？」

ユリシスは腕を組み、眉間《みけん》にしわを寄せてイザベラに問うた。十六歳になると、イザベラは王立アカデミーに入学する。イザークの心配する破滅への道が始まるのだ。今のところイザベラの悪女ぶりは収まっているが、アカデミーに入学したらどうなるか分からない。

「聖女？　でもお兄様。私の使える治癒魔法はまだまだで……。聖女になれるほどではありませんわ」

イザベラは考えてもみなかったというように首をかしげる。その態度にホッとして、ユリシスは大きく頷《うなず》いた。

「そうだな。そう思っているならいいのだ。公爵家の権力で聖女候補に入れてくれと言うのではないかと思ってな」

ユリシスが冗談めかして言うと、イザベラが頰を膨らませる。

「もうお兄様。私は大人になったんです。昔はそりゃちょっとわがままな子だったかもしれないけど……。今は周りも見えるようになってきました！　私程度の治癒魔法で聖女なんて笑われるに決まってますわ」

イザベラにそっぽを向かれ、ユリシスはイザークと目を合わせた。イザークは安堵《あんど》した表情だ。イザークの未来視では、イザベラは王子の気を引きたくて大した治癒魔法も使えないのに、公爵家の力を使って聖女候補に名を連ねたという。今のイザベラが聖女に興味がないのは幸いだった。聖女候補でなければ、マリアと張り合うことにはならないはずだ。

アンジェリカはイザベラに対して油断するなというが、イザベラはいいほうに変わったのだとユリシスは確信した。今夜何が起きるか分からないが、イザベラに害が及ばないようにしようと心に決めた。

王宮には多くの家紋入りの馬車が集まっていた。家格の低い貴族から王宮入りする決まりがあるので、公爵家であるユリシスたちの出番は最後だ。近衛兵の指示に従って馬車が停まると、ユリシスは先に立ってイザベラをエスコートして下車した。

(あれは?)

馬車を下りた際、ふと遠目にブルネットの髪の男が王宮の庭へ向かうのが見えた。気のせいか、ジハールの後ろ姿に似ていたような……。

(フェムト王子も招待されているのかもしれない。護衛騎士と言っていたから)

気にはなったが、イザベラを置いて追いかけるわけにもいかない。ニースに命じて、庭にグラナダ王国の者がいないか探らせた。

　案内人に導かれてユリシスはイザベラと共に王宮の広間へ向かった。華やかなドレスをまとった女性がたくさんいるが、中でもイザベラのまとうドレスは最高級の品だった。白を基調とした生地にふんだんに刺繍を施し、ドレスのスカートに宝石をあしらってい る。イザベラが動くたびに宝石がキラキラ光り、イザベラの美しさと相まって人々の目を奪った。

「お綺麗《きれい》です、公女様。本当に、黙っていれば公爵様と並び立つ美しさです」

　後ろを歩いているイザークは感激したように言う。イザークは最近一言多い。案の定、イザベラに「黙るのはあなたでは？」と怖い目で睨《にら》まれる。

「モルガン公爵閣下、公爵令嬢、おなりです！」

　広間に続く大きな扉の前で、ユリシスたちを紹介する声が響く。フロアに足を踏み入れると、中にいた着飾った男女がいっせいにこちらを振り返った。ほうっという吐息があちこちから聞こえ、イザベラの美しさに男たちが目を奪われる。イザベラはユリシスの腕に手を添え、堂々とした態度で会場を進む。会場には弦楽器を奏でる楽隊がいて、会場中に響き渡る華やかなメロディーを弾いていた。

　広間には十五歳になった令嬢が思い思いのドレスをまとって、国王への謁見を待っている。ユリシスは縁戚《えんせき》の家門と挨拶を交わし、緊張気味のイザベラを落ち着かせた。立食形式の食事が大きなテーブルに並べられ、飲み物は給仕が運んでいる。ざわつく会場を制するようにラッパの音が鳴り、国王陛下と王妃、第一王子や第二王子、側室と王子、王女が来たことを知らせた。とたんに広間には静けさが訪れた。

ユリシスたちは膝《ひざ》をついて、頭《こうべ》を垂れる。国王陛下や王妃、王子、側室、側室の子がらせん階段を下りてきて、広間の奥の玉座に進む。王族が玉座につくと国王陛下が手を挙げた。

「今宵、デビュタントを迎える令嬢に祝福を」

国王陛下がそう告げ、楽隊が音楽を始める。ユリシスはイザベラをエスコートして玉座に続く赤い敷布の上を進んだ。途中でユリシスだけ立ち止まり、イザベラを見送る。

イザベラはしずしずと玉座に向かって進み、国王陛下、王妃、王子や側室の前で優雅なカーテシーを披露する。

「イザベラ・ド・モルガンでございます」

イザベラは国王陛下をまっすぐ見つめ、落ち着いた声で話す。国王は「ほう」と声を上げ、イザベラをじっくりと眺めた。

「美しく育ったな。アレクシスとの仲も良好と聞いておる。期待しているぞ」

国王は大きく頷いてイザベラに声をかける。

「イザベラ嬢。とうとう社交界デビューですね。これからもアレクシスをよろしく頼みます」

王妃は扇子で口元を隠しながら、イザベラに優しく語る。隣にいたアレクシスがイザベラに向かって微笑んだ。

「ありがとう存じます。未熟な身ですので、今後もご指導よろしくお願いします」

イザベラはもう一度国王と王妃に向かって一礼し、アレクシスに向かって頰を紅潮させる。イザベラの挨拶《あいさつ》が終わり、次の令嬢と入れ替わってユリシスの下へ戻って来る。続いて侯爵家の令嬢が国王に向かって挨拶をする。イザベラはユリシスの腕に摑まり、ほうっと肩の荷を下ろした。

「優雅で美しかった」

ユリシスはイザベラの頰を撫《な》で、目を細めた。イザベラの頰がぽっとなり、ぎゅっとユリシスに抱きついてくる。

「お兄様に言われると嬉《うれ》しい」

イザベラがはにかんで笑い、ユリシスも愛《いと》しさを感じた。父母が亡くなった時は自分たちを守るので精一杯で、こうしてイザベラがデビュタントを迎える日が来るなど想像もしていなかった。デビュタントは貴族女性の成人式でもある。極端な話、デビュタントを終えたら結婚することも可能なのだ。

「そろそろ挨拶も終わるな」

デビュタントを迎えた貴族令嬢が次々と国王に謁見するのを見守り、ユリシスは残りの人数が少ないのを見て取った。最後のほうは子爵家や男爵家の令嬢なので、国王や王妃も軽く挨拶をするだけだ。

すべての貴族令嬢の挨拶が終わると、国王が玉座を立ち「令嬢に祝福を」と言って奥へ引っ込んだ。王妃や王子二人も席を立ったが、そのまま会場に残るようだ。ダンスホールでは男女がダンスを始め、歓談に耽《ふけ》る者や、軽食を手に取る者とさまざまだ。ユリシスたちの下にはアレクシスがやってきた。

「ユリシス、イザベラのエスコートご苦労。よければこの後は私が引き受けよう」

今日のアレクシスの装いは、イザベラのドレスと同じ色、対になった礼服で、一緒に並んでいると二人が仲睦《なかむつ》まじいというのが一目瞭然《いちもくりょうぜん》のものだった。

「はい。アレクシス様、よろしくお願いします」

ユリシスはイザベラをアレクシスに渡し、彼らから離れた。アレクシスはイザベラをダンスに誘っている。

「いい感じですね」

ユリシスが会場の隅へ向かうと、それまで離れていたイザークが近づいてきた。イザークはワインを片手に持ち、会場の様子を窺《うかが》っている。

「ああ、今のところイザベラと王子は問題ない」

ユリシスは第二王子を目で探した。第二王子のトーマスは、まだ幼いというのもあって、パーティーの雰囲気が苦手のようだ。王妃の傍でつまらなそうに立っていたが、護衛騎士を引き連れて軽食のあるテーブルに歩いていている。

「賊が侵入する可能性はあるか？」

ユリシスは油断なくトーマスを見据え、イザークに耳打ちした。

「会場の警備を見て回りましたが、招待状がないと入れないようですし、ドアには全部騎士や近衛兵が見張りに立っています。外部からの侵入は難しいかと。ただ招待された貴族が事を起こすとしたら防げないですね。王宮の使用人に関してもそうです」

イザークは会場全体を見回して言う。確かに会場にいる全員を疑えばキリがない。だが、疑問も起こる。イザークは第二王子に危険が及ぶと言っていたが、第二王子を狙う理由が分からなかった。第二王子はまだ幼く、後継者争いも起きていないし、そもそも同じ王妃の息子だ。これが側室の息子というなら狙われる理由も分かるが、トーマスを殺そうとする意味が不明だ。

「あのう……公爵閣下」

イザークとぼそぼそと話していると、伯爵家の令嬢たちがもじもじと近づいてきた。

「イザベラ様のデビュタントおめでとうございます」

伯爵令嬢たちは、頬を赤らめつつユリシスに言ってくる。

「ああ」

ユリシスは鷹揚《おうよう》に頷《うなず》いて伯爵令嬢たちを見返した。何か用でもあるのかと思ったのだ。不自然な沈黙が続き、伯爵令嬢たちは沈黙に負けたように「で、では」と顔を引き攣《つ》らせてすごすごと去っていった。

「はー。ものすごい塩対応ですね。いや、氷対応？　公爵様に近づきたくて勇気を出して声をかけてきた彼女たちに、世間話くらいはしてもいいのでは？」

イザークがやれやれと首を振る。

「俺に近づきたい？　意味が分からない。何か問題だったか？」

ユリシスが首をかしげると、イザークが苦笑する。

「いや、公爵様はそれでいいです。あ、公女様たちが」

イザークは何曲かダンスを披露したイザベラとアレクシスが、トーマスに手を振っているのを目ざとく見つけた。イザベラはすごく楽しそうだ。うっとりとしてアレクシスを見つめている。アレクシスはイザベラに恋愛感情があるとまではいかないものの、紳士的な態度をとっている。

アレクシスとトーマスが話しているのを微笑ましく見ていると、給仕が近づくのが見えた。給仕は三人に飲み物を振舞っている。トーマスがアレクシスからグラスを奪い、口をつける。アレクシスとイザベラは何か面白いことでも言い合ったのか、よそを向いて笑っていた。

ふいに、視線の先で、トーマスが身を折った。

「ぐほぉ……っ」

トーマスは飲んだジュースを床に吐き出した。ハッとしてユリシスは彼らの下へ駆け出した。トーマスは咽《のど》を掻《か》きむしり、その場にひっくり返った。

「きゃあああ！」

悲鳴を上げたのはイザベラだった。トーマスの顔が真っ青になり、口から泡を吹き出している。目の前で倒れたトーマスにイザベラは驚愕《きょうがく》している。アレクシスがとっさに屈《かが》み込み、トーマスを揺さぶった。その場は一転して騒然となる。

「毒だ！　王子が毒を飲んだぞ！」

近くにいた貴族が叫び、広間は一気に騒がしくなった。ユリシスは倒れたトーマスの下へ駆けつけ、背後にいたイザークを振り返った。

「イザーク！　あの給仕を追え！」

トーマスに注目していたイザークなら、飲み物を振舞った給仕の顔を覚えているはずだ。ユリシスの命令にイザークはすぐさま行動を開始した。

「トーマス！　トーマス、しっかりしろ！」

アレクシスは真っ青になって、痙攣《けいれん》して泡を吹くトーマスを抱きかかえる。遅ればせながら王妃が駆けつけ「トーマス！　誰か、医師を！」と怒鳴った。

ユリシスもトーマスの症状を診たが、少量とはいえ毒を飲まされて、危険な状態だった。飲み物に毒が含まれていたに違いない。今やトーマスの顔色は紙よりも真っ白になっている。

「イザベラ！　治癒魔法を使えるか!?」

ユリシスはガタガタと震えているイザベラに向かって大声を上げた。びくっとしてイザベラが目に涙を浮かべる。

「あ……、あ……、でも私……」

イザベラは怖くて震えている。アレクシスはすがるような眼差《まなざ》しでイザベラを見上げた。

「イザベラ！　治癒魔法を使えるのか!?　頼む！　トーマスを助けてくれ！」

アレクシスに悲痛な声で請われ、イザベラは可哀想なくらい震える。きっと自分の魔法で逆に症状が悪くなったらどうしようと怯《おび》えているのだろう。ユリシスはイザベラの肩を抱き、強引にトーマスの前に膝《ひざ》をつかせた。

「イザベラ。すべての責任は俺が持つ。今、お前ができるだけの治癒魔法でいいんだ。医師が来るまでの間だけ持たせられたら」

ユリシスが耳打ちすると、イザベラの震えがやっと止まった。イザベラには瀕死《ひんし》の傷病人を救うほどの能力はない。だが、医師が来るまでの間、と言われ、心が軽くなったのだ。

「やってみます」

イザベラはトーマスの身体に手を当て、詠唱を始めた。ユリシスはイザベラの魔法が倍増する付与魔法をかけた。イザベラの手から白い光が発せられ、痙攣して泡を吹くトーマスの身体に注がれる。

「ああ、トーマス……」

王妃は侍女に支えられながら、今にも事切れそうなトーマスを涙ながらに見ている。イザベラは必死の形相で治癒魔法をトーマスに向かってかけ続けた。広間にいた貴族が固唾《かたず》を呑《の》んで見守る。イザベラは額に汗を流し、すごい集中力で魔法を詠唱し続けた。詠唱文字はぐるぐるとトーマスの身体を覆い、浸透していく。最初は駄目かと思ったが、少しずつトーマスの痙攣が収まり、血の気が戻ってきた。

「げほ……っ」

トーマスがまた何かを吐き出す。咳《せ》き込みながら何度か吐くと、うっすらと目を開けた。

「おお……」

周囲にいた人たちが声を上げた。トーマスの顔色がよくなり、ぼうっとした様子でイザベラやアレクシス、自分を見下ろす人たちを見つめる。

「あ……？　な……、僕、何……」

トーマスの意識が戻り、歓声が上がった。ようやく医師が駆けつけ、トーマスの症状を診る。

「毒を飲まされたようですな。だが、症状が落ち着いております。すぐに薬湯を」

医師がトーマスを抱え、指示を下す。

「ああ、トーマス！　よかった……っ」

王妃が涙ながらにトーマスを抱きしめる。アレクシスも目を潤ませて王妃とトーマスを腕に収める。

「イザベラ、よくやった」

ユリシスはイザベラに声をかけた。イザベラは魔法の詠唱を止めたかと思うと、ぐったりとユリシスにもたれかかった。持てる魔力を全部注ぎ込んだのだろう。

「イザベラ、君にどうお礼を言えばいいのか。トーマスを助けてくれてありがとう」

アレクシスはユリシスに抱きかかえられるイザベラの手を取り、熱く感謝の言葉を述べた。

「イザベラ。あなたには一生返せないほどの恩ができたわ」

王妃も目に涙を溜《た》めてイザベラをねぎらう。イザベラは力が入らない身体で、小さく微笑んだ。

「よかったぁ……、私どうしようって……」

イザベラはユリシスにもたれかかり、安堵《あんど》の涙に暮れている。

するとどこからか、「聖女だ」という声が聞こえてきた。それはさざ波のように広がり、人々がイザベラを「聖女」と呼び始める。ユリシスはどきりとして、イザベラを横抱きに抱え上げた。

「王妃様、今うちの者がトーマス王子に飲み物を運んだ給仕を追っています。見つかると良いのですが」

ユリシスはぐったりとして動けずにいるイザベラを抱えて言った。折よくイザークが戻ってきて「すみません、捕まえられませんでした」と悔しそうに言う。

「すぐに給仕全員を調べるように。ユリシス、ご苦労様でした。イザベラ嬢は大丈夫？

パーティーはお開きにするので、イザベラ嬢を客間へ」

王妃はユリシスに抱えられているイザベラを見やり、侍従に指示をしている。

「いえ、魔力切れを起こしているので屋敷へ連れ帰ろうと思います」

ユリシスは軽く礼をして、騒がしくなった人を掻き分けて広間を後にした。イザークは残って、近衛《このえ》兵に協力することになった。

待っていた馬車にイザベラを乗せると、ユリシスは御者に公爵家へ戻るよう指示をした。騎士や近衛兵は突然の暗殺騒ぎにおおわらわだ。ユリシスはイザベラを支えながら帰路についた。


イザベラは魔力を使い果たしたことで、二日ほどベッドから出られなかった。王宮からは見舞いの品やアレクシスからの手紙が届いている。

イザークは給仕の顔を覚えていたので、王宮に残り、給仕全員の顔を確認したという。結果、王宮に仕えている給仕や使用人の中に、イザークが目撃した犯人はいなかった。あとから分かったことだが、使用人が一人庭の隅で意識を失って縛り上げられていて、着ている給仕服を奪われていた。犯人はひそかに忍び込み、トーマスに毒を盛ったらしい。

イザベラが起き上がれるようになった頃、アレクシスが見舞いにやってきて、事の成り行きを語ってくれた。

「おそらく犯人は私を狙ったのかもしれない」

アレクシスは重苦しい声で明かした。ユリシスもその可能性を考えていた。あの時、給仕は飲み物をアレクシスに手渡した。それをトーマスが奪って飲んだのだ。

「先日の馬車の件と関係しているかもしれません」

ユリシスは厳しい声音で言った。第一王子を狙うとしたら、国家に対する反逆罪だ。王家を厭《いと》う者は存在するし、警備が厳重な国王陛下ではなく、矛先を王子に向けた可能性は高い。

（ジハールらしき男が、王子を狙った場に二度も現れた。これは偶然だろうか？）

ユリシスが気にしているのはこれが偶然か必然かというものだ。もしジハールが暗殺に関係しているなら見過ごせない。だが、ジハールを追わせたニース曰《いわ》く、グラナダ王国の者は誰も見ていないということだ。浅黒い肌を持つ彼らは目立つので、本当にいたのなら誰も見ていないというのはありえない。

（俺の見間違いだったのだろうか？）

結局、この情報を陛下に伝えるべきか悩み、そのままにしている。

「おかげで護衛騎士が増えてしまった」

アレクシスは苦笑して振り返る。四人体制だった護衛騎士は、今や六人体制になっている。外では飲食を禁じられ、もし摂取する場合は必ず毒見を経てということになったそうだ。

「イザベラ。君のおかげでトーマスは無事だった。改めて礼を言う。君には褒賞を用意しているので受け取ってほしい」

アレクシスはイザベラの手を取って、真摯《しんし》な態度で礼を述べた。イザベラは頬を赤くさせ、微笑んでいる。

「トーマス王子が助かって本当によかったです」

イザベラはアレクシスに礼を言われて嬉《うれ》しそうだ。

「それで君には王族を助けた者として、聖女候補にすべきという意見が出ている。私もそれがいいと思うのだが」

何気なくアレクシスに切り出され、ユリシスはふっと眉《まゆ》を顰《ひそ》めた。聖女候補にしたくなかったのに、聖女候補になる流れが出来上がっている。

「そんな……私の治癒魔法は聖女と呼べるほどのものでは……分不相応ですわ」

イザベラは恐縮している。

「何を言う。君は確かにトーマスを助けたのだ。誇りに思ってくれ。そういうわけだから、聖女候補としてこの先、いろいろなところで声がかかるかもしれない。私も婚約者の君が褒められて嬉しいよ」

アレクシスは笑顔でイザベラをねぎらっている。聖女候補を辞退したいとユリシスは思ったが、そんなことを言える空気ではないし、イザベラ自身もまんざらでもなさそうだ。あの場でイザベラに治癒魔法をやらせたのは間違いだったのだろうかという不安が頭を過《よぎ》った。実際、イザベラの魔力は大して多くなく、あの時はユリシスの付与魔法が効いていたのが大きい。自分の力以上のものを求められたら、イザベラはこの先それに見合うために無理をするのではないだろうか？

ユリシスの不安は大きかったが、イザベラとアレクシスは気にした様子もなく微笑み合っている。

「そういえば、イザベラ。アレクシス様に渡すものがあるのだろう？」

ユリシスは思い出してイザベラを促した。イザベラが困ったようなそぶりで立ち上がり、部屋を出て行く。戻ってきた時には、イザベラは白いハンカチを持っていた。

「あの……これはアレクシス様に」

視線をうろつかせつつ、イザベラがアレクシスにハンカチを差し出す。数カ月前から必死にやっていた刺繍《ししゆう》入りのハンカチだ。アレクシスのイニシャルと王家の家紋を縫った。

「ありがとう。……おや」

アレクシスがハンカチを受け取り、小さく笑う。それも無理はない。イザベラの刺繍の腕はいまいちで、何度もやり直していたようだがお世辞にも立派とは言えない。

「ごめんなさい！　アレクシス様！」

イザベラは真っ赤になって頭を下げた。アレクシスがきょとんとする。

「以前お贈りした刺繍入りのハンカチは……メイドにやらせたものなんです！　私はこの通り下手糞《くそ》で……でもそれじゃダメだってお兄様に怒られました」

しゅんとしてイザベラはうつむいている。アレクシスは真っ赤になって謝るイザベラに、目を細めた。

「刺繍が下手なのは知っている」

思いがけない言葉がアレクシスから漏れて、イザベラはびっくりして顔を上げる。

「母上と一緒に刺繍をしていたことがあるだろう？　母上もイザベラの刺繍の腕が上がらないと嘆いていた。けれどくれたハンカチは見事な出来栄えで、ああ、きっと他人にやらせたのだなと思ってがっかりしていた」

アレクシスはすべてお見通しだったらしい。イザベラは羞恥《しゅうち》で耳まで赤くなっている。

「ごめんなさい……、アレクシス様に嫌われたくなかったんです……」

素直に自分の気持ちを吐露するイザベラに、ユリシスは目を瞠《みは》った。アンジェリカは油断するなと言っていたが、ユリシスの目にはイザベラは大きく変化した。以前なら自分のそんな気持ちを打ち明けることなどなかった。プライドの高いイザベラは、他人に弱みを見せるのが苦手なのだ。

「刺繍が下手だからって嫌いにはならないよ。むしろ下手でも一生懸命やったのが分かって嬉しく思う。ハンカチありがとう。大事にするよ」

アレクシスが微笑んでイザベラの手を取る。二人の視線が絡まり、温かな空気が流れた。

ユリシスは気を利かせて二人を部屋に残し、廊下に出た。イザークが思い詰めた表情で近づいてくる。ユリシスもイザークと話したかったので、執務室へ誘導した。

「結局、イザベラは聖女候補になってしまった」

ユリシスは頭を抱えて嘆いた。

「はい……実はそのことで申し上げたいことがあるのです」

イザークはユリシスの横に並び、言いづらそうに口を開いた。

「これは強制力、というものかもしれません」

イザークの切り出した言葉に、ユリシスは眉を顰めた。

「強制力？」

「ええ。予言……の通りになるよう、強制力が働く場合があるというのを聞いたことがあります。運命に抗《あらが》おうといくらがんばっても、強制力が働き、本来の筋に戻されるというものです。今回、公女様を聖女候補にしないために動きましたが結局、公女様は聖女候補になりました」

沈痛な面持ちでイザークが歯噛《はが》みする。

「このままいくと……」

イザークが苦しそうに呟《つぶや》く。

「俺が逆賊になる未来か……」

起こしてはいけない未来を想像し、ユリシスは胸を痛めた。国王陛下には思うところがあるが、今のところ王妃や王子たちに悪感情はない。だが、もし更生したイザベラをアレクシスが手ひどく扱うようなら、ユリシスも黙っていられない。

「とはいえ、公女様は良くなりました。今の彼女は悪役令嬢には見えません。ただ来年はアカデミーですよね。学校内のことは、我々にはいかんともしがたく……」

イザークと話しながら廊下を歩き、ユリシスは軽く頷《うなず》いた。

「それについても考えている」

ユリシスは目を光らせ、先に立って歩き出した。

週末にはユリシスはイザベラやイザークと共に領地へ戻った。モルガン公爵家の領地は東部にあり、馬車で五日ほどかかる。距離はあるものの領地までの街道は舗装されていて、宿屋もあるので不便はない。イザベラとメイドを馬車に乗せ、ユリシスはイザークや護衛騎士たちと共に馬で移動した。イザークは馬が苦手で、休憩のたびにへっぴり腰になっている。途中の山道は盗賊が現れる危険性もあるのだが、今回、何事もなく領地に戻れた。

小高い丘に大きな城が聳《そび》え立っている。城の周囲には濠《ほり》があって、城に続く跳ね橋が下げられ、ユリシスたちを出迎えた。跳ね橋を過ぎると頑丈に造られた大きな門が現れる。門兵がユリシスたちを確認して杭《くい》を抜いて門扉を開ける。

「お帰りなさいませ、閣下」

門兵が敬礼して声を揃え、ユリシスを先頭に馬車と騎士が城へ入る。石造りの城は巨大な要塞《ようさい》も兼ねていて、上部には砲台や見張り窓がある。代々公爵家が受け継いできた城だ。ファサードまで行くと、使用人が正面扉の前でずらりと並んでいた。

「出迎えご苦労」

馬から降りて、ユリシスは執事長のドリトンに声をかけた。五十代後半のがっしりした中年男性で、城に関してはすべて任せている。

「公女様……？」

馬車の扉からイザベラが降りると、かすかにざわめきが起きた。ふだん無表情のドリトンもしばらく無言になる。イザベラが領地に戻ったのは、ゆうに一年ぶりだ。今まで派手な化粧と縦ロールにした印象的な髪形だったイザベラが、さらさらの髪に薄い化粧で現れたせいだろう。

「ドリトン、執務室に被災地の報告書を運んでくれ」

ユリシスはイザベラを侍女に託し、きびきびと命じた。使用人が馬車から荷物を下ろし、騎士たちは騎士団のほうに挨拶《あいさつ》に行く。

「分かりました。軽い食事をお持ちしましょう」

ドリトンが丁寧に頭を下げ、力強い足取りで歩くユリシスを見送る。ユリシスが抱える東部の領地は、潤沢な土地だ。野菜や果物、麦の生産地としても名高く、名産品も多い。鉱山もいくつか持っているので、広大な富める領地は山賊に狙われやすく、ユリシスは騎士団を所持している。国の方針で公爵家の私兵は千名までとされているが、正規の騎士ではない准騎士や見習い騎士も含めるとその四倍はいる。

領地に戻ると、山のように積まれた仕事が待っていた。特に半年前に起きたカサール地方の洪水による被害は大きかった。長く続いた雨で川が氾濫《はんらん》し、ふもとの村が水没したのだ。

「責任者を呼べ」

執務室に入り、旅の疲れも気にせずユリシスが告げると、ドリトンは机の上にサンドイッチと紅茶を置き、「閣下のお戻りに合わせて呼んでおります」と答えた。ドリトンは有能な執事だ。ユリシスが望むことをすぐに叶《かな》えてくれる。荷物を置いてきたイザークが執務室をノックし、空いている机に腰を下ろした。

「まさか、この水害に関して知っていたとか言わないだろうな？」

水害の報告書に目を通しながら、ユリシスはハッとしてデスクを整えているイザークに尋ねた。書類を確認していたイザークは慌てたように首を振った。

「すべてのことを知っているわけではないですよ！　そんなに万能の力ではありません

ので」

イザークが身震いして言う。もし水害について知っていたのなら、何故知らせなかったと激怒していたところだった。

「閣下、カサール地方の責任者がいらっしゃいました」

もくもくと仕事をこなしていると、一時間ほどしてノックの音と共にドリトンの声がした。通せとユリシスが言うと、茶色いくたびれた帽子によれっとしたジャケットを着た中年男性が入ってくる。中年男性は帽子を脱ぎ、深く一礼した。

「公爵閣下、お久しぶりでございます」

焼けた肌の強面《こわもて》の男は、ディミトリ男爵だ。カサール地方を任せている男で、今回の水害に関しても積極的に復興に当たっている。口数は少ないが、真面目な男で、ユリシスは信頼している。

「久しぶりだ。お前の口から報告を聞きたい」

ユリシスが書類を置いて言うと、ディミトリが現在の状況をくわしく語ってくる。氾濫した川の修繕と、水没した家屋の撤去、家を失った者への補償などだ。復興はおおむね順調で、資金的にも問題はなかった。また氾濫する可能性があるので、水没した家の住人は高台のほうへ移動してもらったという。

「よくやった。報告書も見たが、お前に任せて正解だったな」

ユリシスは期待に応《こた》えたディミトリにねぎらいの言葉をかけた。ディミトリは安堵《あんど》の表情を浮かべている。

「残りの作業もよろしく頼む。ところで、ディミトリ」

　ユリシスは椅子から立ち上がり、長椅子のほうにディミトリを誘《いざな》った。折よく侍女がお茶を持ってやってくる。イザークに書類仕事を任せ、ユリシスは長椅子に座ってディミトリと向かい合った。ディミトリは何か粗相をしたかと不安そうだ。

「お前の娘、確か十六歳だったな」

　ユリシスが手を組んで見つめると、ディミトリが「は、はぁ」と頭を掻《か》く。男爵家とはいえ、ディミトリは農作業をしているほうが似合う朴訥《ぼくとつ》な男だ。妻も大人しそうな女性で、子どもたちも礼儀正しい。

「それが何か？」

　ディミトリはおそるおそるというように聞き返す。

「来年、イザベラがアカデミーに入学する。ついてはお前の娘もアカデミーに通わせたい」

　ユリシスが単刀直入に言うと、ディミトリは面食らったように目をぱちぱちとさせた。

「し、しかしうちはそれほど余裕があるわけではなく……、娘は閣下の城に侍女として奉公させているので……」

　ディミトリは娘をアカデミーに通わせる気はなかったようで、ひたすら困惑している。ディミトリの娘は侍女としてこの城で働いている。イザベラは一年のうちほとんどを王都で過ごしているので、侍女といっても仕える相手がいない状態だ。

「お前の娘のアカデミーにかかる費用はすべてうちが持とう。アカデミーに通っている間はイザベラの侍女として傍にいてもらいたい。無論、その分の給与も出そう」

ユリシスの申し出にディミトリは逡巡《しゅんじゅん》した。アカデミーには貴族の子息令嬢が通うが、学費も高く、貧乏貴族は諦《あきら》めることが多い。ディミトリもその一人だった。だがアカデミーに通わせることで令嬢としての価値は上がり、婚姻相手の幅も広がる。

「それは……願ってもない話ですが……」

ディミトリは悩ましげに眉根《まゆね》を寄せる。

「娘にも意見を聞いていいでしょうか？」

ディミトリが悩んだ末に言う。

「無論だ。キャロルを呼ぼう」

ユリシスは呼び鈴を鳴らし、メイドにキャロルを呼びよせるように言った。キャロルはイザベラが来た時はイザベラの世話をする役目を負っている。しばらくして、そばかす顔に茶色い髪を三つ編みにして、眼鏡をかけた少女がやってきた。

「閣下、お呼びでしょうか」

ディミトリの長女であるキャロルは、はきはきした様子で言う。頭の回転も悪くないし、気も利く。ユリシスはキャロルを買っている。

「ああ。実はお前にイザベラと共にアカデミーに行ってもらいたい。費用はすべてうちで持つ。アカデミーの寮住まいになるが、在学期間中はイザベラの侍女として給与も出そう。どうだ？」

ユリシスは紺の長いスカートの侍女服を着たキャロルに問うた。キャロルは大きく目を見開き、わずかに考え込んだ。

「恐れながら、閣下。それは、公女様をお守りするためでしょうか？」

キャロルは物怖《お》じもせずにユリシスを見つめて尋ねた。ユリシスの視線に目を逸《そ》らす女性が多い中、キャロルは子どもながらに肝が据わっている。

「それもある。正確に言うと、お前にはイザベラの監視を頼みたい」

ユリシスは足を組み、にやりとして言った。キャロルが瞬きをする。

「イザベラが悪さをしないように、あと、他の学生からイザベラが陥れられないように、だ」

ユリシスの言葉に、部屋の隅にいたイザークがほうっと息をこぼす。

「――分かりました。お話、お引き受けします」

キャロルはスカートの裾《すそ》を持ち上げ、即決した。ディミトリは焦ったように腰を浮かす。

「お前……いいのか？　その……大変なことが多くあると思うが……」

ディミトリは言葉を濁しつつ、ちらりとユリシスを見やる。おそらくイザベラの悪評を知るディミトリが心配をしているのだろう。

「お父様。大変ありがたい話ですわ。私、本当はアカデミーで学びたかったんです」

キャロルは堂々と胸を張り、意気込みを語る。

「よし、くわしい話は後日、奥方も交えてしよう。三年間、娘を王都に行かせるのだ。心配は尽きないだろうから」

ユリシスが大きく頷《うなず》くと、キャロルは一礼して部屋を出て行こうとした。ふと、その手が止まり、首をかしげて振り返る。

「公女様……見目だけでなく、何かお変わりになりましたよね？　いつもなら領地に戻ると不平不満や愚痴ばかりでしたのに、今日は私たちへねぎらいの言葉がありました」

キャロルが不思議そうに言う。公爵に対しての馴《な》れ馴れしい話しかけにディミトリは青くなったが、ユリシスは思わず微笑んだ。

「イザベラはよくなろうと努力中だ」

ユリシスはそう言って、行けというように手を振った。

イザークの話を聞き、アカデミーにイザベラを守る娘を行かせようと考えた。イザベラには貴族令嬢の取り巻きがいるが、話を聞き及ぶに、イザベラを慕っているようには思えなかった。父親から公爵令嬢と仲良くしておけと命じられて取り巻きをやっているだけだろう。だとしたら絶対に裏切らない者を傍におくほうがユリシスとしても安心だ。

キャロルは父親よりも豪胆な性格をしているし、家庭教師もいないのに独自で読み書きを学び、あらゆることに興味を持っていると前から感心していた。城の図書室に足しげく通っているという話もドリトンから聞いている。

キャロルの了承を受けた後、ユリシスはもう一人めぼしい相手を見つけていた。

翌日、ユリシスは騎士たちを訓練場に集め、彼らの成果を確認した。騎士団は五つの隊に分けられ、それぞれ有能な騎士に隊長を任せている。騎士の仕事は広く、盗賊を捕縛する者、魔物を仕留める者、剣技を上達させる者とさまざまだ。他にも他国や他領へ侵入して情報を得させたり、領地内で起きる不穏な動きを注視させたりもしている。魔法を扱える騎士はごくわずかで、ユリシスと共に領地と王都を行き来するのは精鋭騎士だ。

「閣下、実は境界線で魔物の動きが活発になっております。昨日は黒い竜を見たという者も」

騎士団団長のクロードが訓練に励む騎士の中から抜け出して、ユリシスに進言してきた。クロードは上背のある筋骨隆々とした青年で、三年前から騎士団の団長を務めている。王都で行われた剣闘会でも優勝したつわものだ。

「魔物か……竜の存在は危険だな。引き続き注視するよう」

ユリシスはやれやれと頭を痛めた。東部の鉱山の奥にある山脈の向こうは、魔族が棲《す》むと言われている地帯だ。聖女の作る結界で魔物はこの国へ侵入できないと言われているが……。

「聖女交代の時期が近いと言われている。そのせいだろう」

聖女候補の話が頻繁に出るようになったのは、現聖女の結界が緩み始めているのが理由だ。実際、広大な土地を持つ二大公爵家にとって、聖女の結界は重要だ。

「引き続き、境界線に騎士を交代制で配置してくれ」

ユリシスは重々しく述べた。人を襲う魔物だが、討伐するといい面もある。彼らは魔石と呼ばれる魔力を引き出す石を持っているのだ。魔石があれば、魔力を持たない者でも火を灯《とも》したり水を生み出したりすることが可能だ。

「は。村へ魔物が侵入しないよう、厳重に狩っていきます」

クロードは胸を叩《たた》いて請け合う。ユリシスはそのたくましい身体を感心して眺めた。帝国一と強さにおいて囁《ささや》かれるユリシスだが、魔法を封じられたらクロードには敵《かな》わないだろう。

「ときに、クロード。お前には妹がいたな？」

ユリシスは訓練中の騎士を見回し、尋ねた。

「はい。見習い騎士として第二訓練場で剣を振るっております」

クロードは首をかしげて答える。

「少し話があるのだが、これからいいか？」

ユリシスはクロードに顎《あご》をしゃくり、第二訓練場へ向かった。クロードは「妹が何か？」と心配げな様子だ。

第二訓練場に行くと、まだ正規の騎士にはなれない若い見習い騎士たちが木刀で打ち合っていた。多くが男性だが、中には女性もいる。クロードの妹であるレイラは十七歳の娘で、女性の中では誰よりも身軽で、剣の腕も達者だ。レイラは若い男性見習い騎士を打ち負かすと、訓練場を見に来たクロードとユリシスに気づき、こちらに駆け寄ってきた。

「閣下、お戻りをお待ちしておりました」

レイラはユリシスの前に来ると、跪《ひざまず》いて礼をした。ユリシスは立ち上がるよう言い、改めてレイラを眺めた。すらりとした背の高い子で、クロードに似た黒髪を長く伸ばし、後ろで結んでいる。気の強そうな切れ長の目と、凛々《りり》しい眉《まゆ》の女性だ。白いシャツに革のズボンを穿《は》いているが、どちらも少し汚れている。

「レイラ。実はお前に頼みがある」

ユリシスが口を開くと、レイラが目を輝かせる。

「承りました」

まだ何も言っていないうちから、レイラが力強く答える。クロードが呆《あき》れて「おい」と突っ込みを入れた。

「閣下のためならば、どんなことでも。たとえ我が命を捧《ささ》げることでも」

レイラは胸に手を当て、ゆるぎない瞳《ひとみ》で言う。幼い頃、魔物に殺されかけたところをユリシスが助けたので、恩義に感じているのだ。残念ながら両親は魔物に殺されてしまったが、幼いながらに魔物相手に武器を持って向から姿に、ユリシスは剣技の才能を見た。身寄りのなくなったクロードとレイラを騎士団に迎え入れ、見習い騎士として育てた。クロードは持ち前の運動能力の高さを見せ、あっという間に精鋭にのし上がり、レイラもまた機敏な動きで頭角を現している。

「お前にアカデミーに入学してもらいたい」

ユリシスは苦笑してレイラに告げた。思わぬ提案だったのか、レイラの目が丸くなる。

「アカデミーにかかる費用はすべて持つ。アカデミー在学期間のお前の仕事は、イザベラを守ることだ」

ユリシスが簡潔に述べると、レイラはすぐに意図を察し、大きく頷いた。

「ご命令とあらば、喜んで。ですが私はもう十七歳です。それに貴族の出ではありません。よろしいのですか?」

レイラにもアカデミーに関する知識はあるらしい。

「お前がよければ、グランド子爵家の養子とするつもりだ。クロードと共に」

ユリシスが挙げた名前は、レイラとも交流のある家門だ。領地内で働くグランド子爵家には子どもがいない。少し前に封書にて養子の話を持ち掛けると、クロードとレイラなら受け入れたいと返事が来た。

「ええ……っ」

突然の話にクロードも驚いている。子爵家の養子になれば、クロードはいずれ爵位持ちになる。以前から騎士団長を務めるクロードをこのまま平民にしておくのはもったいないないと思っていたのだ。

「グランド様なら私は嬉《うれ》しいけど……。奥様は良い人だし」

レイラはクロードに向かって笑顔になる。

「いやっ、それは俺もありがたいけどっ。待ってくれ、突然すぎて……」

クロードは降ってわいた話に頭が混乱中だ。

「アカデミー内にイザベラ様を排するような者がいるのですか？」

レイラは疑問に感じたのか、小首をかしげる。ユリシスは強制力について、考えていた。イザークが言うようにどれだけイザベラを更生させても、悪役令嬢にさせられるなら、こちらも手をこまねいていられない。

「ああ。お前たちの力が必要だ」

ユリシスがレイラの肩に手を置いて言うと、ぽっと頬を赤らめ「不肖の身ながら、必ずイザベラ様をお守りします」とレイラが答える。

レイラとキャロルという有能な二人がいれば、イザベラを悪意から守れるはずだ。

ユリシスはいずれ来る時に向けて、着々と準備を進めていた。

5 アカデミー入学

とうとうイザベラが王立アカデミーに入学する日が来た。

一週間ほど前からレイラとキャロルを王都のタウンハウスへ呼び寄せ、必要な衣服や教科書、身の回りの品を用意させた。

屋敷の中で、イザベラはレイラとキャロルと仲良く過ごしている。あらかじめ言い聞かせておいたが、今のイザベラは子どもの頃のような素直な性格に戻っていて、自分より頭のいいキャロルを尊敬し、自分より身体能力の優れているレイラを頼りにしている。

「問題のアカデミーに入学しますね」

入学式の日、ユリシスはイザークと共に、王都のタウンハウスの門の前に立っていた。用意した馬車にはイザベラとキャロル、レイラが乗り込んでいる。王立アカデミーでは、王族以外は寮生活という規則がある。独立心を養うという意味らしい。王族には王族の仕事があるので、週の半分ほどだけ寮住まいをしているらしい。今日からイザベラはアカデミーの寮に入るので、しばらく会うことは敵《かな》わない。無論、外出許可を取って一時帰宅することも出来るが、そうそう帰宅もできない。

「お兄様、しばらくお会いできませんが、私、がんばってまいりますわ」

イザベラは生活が変わる期待と不安で、少し憂い気味の表情だ。

「公爵閣下、イザベラ様のことはお任せ下さい」

レイラはきりりとした顔で胸を叩く。

「イザベラ様のことで何かありましたら、すぐに連絡をします」

キャロルは眼鏡のブリッジを指で押し上げ、大きく頷《うなず》く。レイラとキャロルはすっかりイザベラと仲良くなり、名前で呼ぶ仲になった。

レイラとキャロルがいれば、イザベラが不当な扱いをされることはないだろう。ユリシスはこれ以上の心配をやめて、イザベラたちを見送ることにした。

御者が鞭《むち》を振るい、馬車が走り出す。イザベラは馬車の窓から不安げに手を振っていたが、やがてそれも小さくなり、馬車は王立アカデミーに向かって通りへ進んでいった。

イザベラがいなくなると、何とも言えない胸に穴が開いたような気分になった。

イザークに未来視をされ、イザベラを守るためにあらゆる手を尽くしたが、果たして本当にこれでよかったのだろうか？　処刑はふせげるのだろうか？

「公爵様。きっと今の公女様なら、上手《うま》くやりますよ」

考え込むユリシスにイザークが拳《こぶし》を握って言う。

今は妹を信じるしかない。

ユリシスは思いを振り切って、屋敷へ戻った。

イザベラが王立アカデミーに入学して四ヵ月が過ぎた。夏期休暇が来て、イザベラはレイラとキャロルと共に領地へ戻ってきた。

イザベラは学園内での話をしてくれたが、その内容は勉強が大変とか、魔法授業が難しいというものだった。愚痴や不満は特に口にせず、前向きだ。

これまでの四ヵ月間、レイラとキャロルからは毎週のように領地にいるユリシスに報告書が届いていた。イザベラは公爵令嬢として誰よりも品位のある行動をとり、他学生からも尊敬されているという。一つ学年が上のアレクシスとは週に一度、お茶をしているそうだ。二人の目からも問題があるようには見えず、イザベラも充実した学園生活を送っているという。

ただし――。

レイラとキャロルの報告書からは、気になる内容の一文があった。

平民出の同学年の特別生が、やたらとアレクシスに近づいてきて、貴族令嬢から眉を顰《ひそ》められているそうだ。アレクシスのほうも扱いに困り、あまりしつこいとアレクシスの友人が追い払うのが日常になっている。目くじらを立てるほどではないが、聖女候補と噂されている女子学生なので、注意して見ておきます、とレイラもキャロルも手紙に書いていた。

夏期休暇中のイザベラは楽しそうに領地で過ごしていた。夏期休暇の間に一度アレクシスが遊びに来たこともあり、二人の仲は問題なさそうだ。

夏期休暇が終わると、イザベラはキャロルとレイラと共にアカデミーに戻っていった。イザベラのことも心配だが、王都では別の心配事も起きていた。王家を狙う事件が頻発していた。トーマス王子の毒殺未遂事件と同じように、犯人の目星はまったくつかず、警備体制は厳しくなる一方だ。

ユリシスは気になっていたジハールのことを伯爵家に聞こうと、屋敷へ知らせを送らずに訪問した。だがフェムト王子と護衛のジハールはグラナダ王国へ帰ったと言われた。一連の事件に何か係わりがあるのではと思ったが、結局真相は不明のままだ。問題は彼らが国へ帰ったとされた後、王家を狙う事件が収まったことかもしれない。他国の王族が連れていた護衛騎士をこれ以上詮索するのは敵わなくなった。


季節が秋から冬へ変わる頃、キャロルとレイラの報告書が不穏な気配を漂わせ始めた。

以前書いていた聖女候補の女子学生が、アレクシスやアレクシスと仲のいい貴族の子息と親しくしているという。以前は追い払っていたアレクシスの側近も、最近は彼女を受け入れたのか、楽しげに一緒にいるそうだ。毎週のように行われていたアレクシスとイザベラの茶会が、忙しいという理由でなくなり、イザベラは消沈していると書かれていた。

（マリアか……）

ユリシスは報告書をすぐにイザークにも見せた。イザークもすぐにマリアのことだと分かり、顔を強張《こわば》らせる。

「あの……公爵様、私、アカデミーに行って、様子を窺《うかが》って参りましょうか？」

イザークは報告書をユリシスに戻し、そんなことを言い出した。

「実は、以前作った魔法具をアカデミーでも使用したいという要望が来たのです。その打ち合わせと称して、アカデミーに行って公女様たちの様子を観察してきます」

イザークの申し出はユリシスにとってありがたいものだった。未来を知るイザークなら、状況を正確に推し量れるかもしれない。

「頼んだぞ」

ユリシスは少しだけ心が軽くなり、イザークをアカデミーに送った。

その後、戻ってきたイザークは、浮かない表情をしていた。すぐにでも状況を知りたくて、ユリシスはイザークを執務室へ連れ込んだ。長椅子に腰を下ろしたイザークは、大きくため息をこぼす。

「三日ほどアカデミーにいたので、その間にマリアの様子を探ってきました。ちょっとまずいかもです」

　イザークに上目遣いで見られ、向かいに座っていたユリシスは身を乗り出した。

「まずいとは？」

「第一王子、満更でもないみたいです」

　言いづらそうにイザークが言い、ユリシスはこめかみを引き攣《つ》らせた。イザベラと婚約しているにも拘《かか》わらず、アレクシスはマリアに惹《ひ》かれているという意味だろうか？

「偶然マリアと第一王子が話しているところを見たのですが、かなりいい雰囲気で……。逆に多くの女子生徒はマリアに対してかなりご立腹ですね。私も見かけましたが、平気で男子生徒と腕を組んだり、べたべたしたりとスキンシップが激しいです。天然と言えばそれまでですが、この世界だと違和感が……。実はアカデミーで他の攻略対象も見かけたんですが、彼らもかなりマリアに好意的で……」

　ほとほと困り果てたように、イザークは頭を抱える。

「攻略対象？」

　ユリシスが理解できずに問い返すと、イザークが「あっ！」と声を上げた。

「えーと以前にもちょっと話しましたが、マリアには攻略対象……いわゆる恋のお相手が何人かいるんです。そのうちの一人が公爵様で、もう一人がアレクシス第一王子です。あと近衛《このえ》騎士団団長の息子ショーンと、伯爵家のマイク、魔法学科教師も一人います。他にも魔王や他国からの留学生と恋に落ちる可能性もあるんですが……」

「マリアという少女、娼婦《しょうふ》なのか?」

ユリシスは呆《あき》れたように天を仰いだ。そのように多くの男と恋をするなど、ありえない話だ。

「や、そういうんじゃないです。いやーでもハーレムエンドってのがあるしなぁ……。あっ、失言しました。えっと、何を言っているかよく分からないと思うので、噛み砕いて言うと、公爵様が反逆する未来が起こるのは、マリアが第一王子か公爵様と恋に落ちた場合だけです」

イザークはもごもごと呟《つぶや》き、愛想笑いを浮かべる。やはり自分はその少女と会わないほうがいいとユリシスも納得した。あとは第一王子とマリアが恋に落ちないようにするべきだが……。

「もうちょっと探ってみます。魔法具のメンテナンスと称して、またアカデミーに行きますから」

イザークは意を決したように言う。ちょうどノックの音がして、ドリトンが封書を持って入ってくる。ユリシスは封書を受け取り、王家の紋が入っていることに目を瞠《みは》った。

「登城せよとのお達しだ」

中を開き、ざっと一読してユリシスは肩をすくめた。立太子の儀はアレクシスの卒業に合わせて行われる予定だ。今のところ各所への手配はすんでいて、問題はない。おそらく進捗《しんちょく》具合でも聞きたいのだろう。領地にいるユリシスは十日後に登城するという手紙を書き、ドリトンに渡した。

「また何か分かったら、教えてくれ」

イザークの肩を叩《たた》き、ユリシスは焦《じ》れる思いでそう言った。


十日後、領地から王家の呼び出しに応じて登城すると、ユリシスは謁見の間へ通された。礼服を着て来いと言われたのでそれなりの恰好《かっこう》をしているが、立太子の進捗具合だけではないのだろうか？

わずかに引っかかるものを感じつつ、ユリシスは近衛兵にドアを開いてもらい、謁見の間へ進んだ。長く敷かれた赤いカーペットの上を歩いていくと、玉座に国王陛下が、隣には王妃が座っている。その斜め横には見覚えのある二人が立っていて、ぎくりとした。

「国王陛下にお目通り致します。ユリシス・ド・モルガン、参上しました」

ユリシスが玉座の前で跪《ひざまず》いて口上を述べると、玉座にいたランドルフ国王が立つようにと軽く手を挙げる。ユリシスはすっと立ち上がった。

「おお、待っていたぞ、ユリシス。立太子の儀の準備は進んでいるのか？」

ランドルフ国王が機嫌のよい声で聞く。

「は。滞りなく」

ユリシスは無表情で答えた。険しい表情で玉座の横にいる男を見やる。国王の斜め横に立っていたのは、グラナダ王国の第三王子フェムトと護衛騎士のジハールだったのだ。今日のフェムト王子とジハールの着ている衣服は隣国グラナダの青い礼服で、ジハールに至っては帯剣し、黒い編み上げのブーツを履いている。国王の前で帯剣している者は珍しく、ユリシスのように許可されたのだろう。フェムト王子は長い黒髪を後ろで一つに縛り、肩に垂らしている。ジハールはブルネットの長髪で、おそらくこれが素の彼の姿だ。

「そなたもすでに知っているであろう。グラナダ王国の第三王子のフェムト殿下だ。フェムト殿下、彼はユリシス・ド・モルガン公爵だ」

ランドルフ国王に紹介され、ユリシスはフェムト王子に向かって一礼した。一度帰国した後、正式にこの国へやってきたようだ。

「グラナダ王国の高貴なる方にお会いできて光栄です」

ユリシスがフェムト王子に向かってグラナダ語で言うと、にこりと微笑まれる。

「流暢《りゅうちょう》なグラナダ語だ。ありがとう、だが公用語で構わないよ。公爵とは国交会議でお会いしたね。公爵の噂は我が国にも届いている。氷魔法に関しては右に出る者なしと。我が国は暑い国なので、公爵が来られた暁には大いにもてなしたい」

フェムト王子はユリシスの眼光に臆《おく》した様子もなく、そっと手を差し出す。フェムト王子は公用語が上手だ。グラナダ王国では手を握る挨拶《あいさつ》があるという。ユリシスはその手を軽く握り返した。

「彼はジハール。私の護衛だ」

フェムト王子はジハールの背中に手を添え、紹介する。ジハールはじっとユリシスを見つめ、軽く頭を下げた。不審に思っていたジハールが堂々と国王の前にいることに言葉もなかった。

「実はフェムト王子は王立アカデミーに転入することが決まった。ついてはユリシスにも力を借りたい」

ランドルフ国王が機嫌のよい口調で言い出す。ユリシスはハッとしてイザークの話を思い返した。そういえば他国の留学生の話をしていなかっただろうか？

「第三王子はおいくつなのでしょうか？　護衛をお求めでありましたら……」

ユリシスはなるべく表情に出ないようにと気遣いつつ尋ねた。

「フェムトと呼んでくれていい。十七歳だ。王立アカデミーの二年生になる。この国の第一王子と同じ学年だな。護衛に関してはジハールがいるので、問題ない」

フェムト王子が気軽に答え、ユリシスは何を望んでいるのか視線で探った。

「慣れない留学というのもあって、そなたにはフェムト王子を気にかけてもらいたい。そなたは週に一度、アカデミーに赴き、フェムト王子と交流を持ってくれ」

ランドルフ国王がとんでもないことを言い出し、ユリシスはつい無言になった。週に一度、アカデミーに出向けというのか。

(俺はそんなに暇ではないのだが)

勝手な言い分を述べるランドルフ国王に呆れていると、横にいた王妃が顔を曇らせる。

「ユリシス、そなたには荷を背負わせるようで申し訳ない。これはグラナダ王国からのたっての願いなのです。フェムト王子に氷魔法を教えてもらいたいと。フェムト王子は水魔法を使えるのです」

王妃が口添えするように言う。

「氷魔法に関してはモルガン公爵が一番の腕を持つと聞いている。少々問題があって、私が直接モルガン公爵の下へ氷魔法を習いに行くわけにはいかぬのだ。それでアカデミーに留学して、そなたとの接点を作ることにした。水魔法については極めている」

フェムト王子は申し訳なさそうに述べる。よく分からないがグラナダ王国はまだ安定していないるとは言い難い政治情勢で、王位継承を狙う王子が複数いると聞く。隣国の公爵と懇意にしているのが明らかになると、何かしら危険を及ぼすのだろう。

「それは……。分かりました。週に一度だけなら、何とか時間を作りましょう」

ユリシスは内心断りたい思いを抱えつつも、そう答えるしかなかった。王命に近い依頼で、断るにはそれ相応の理由が必要だ。

「引き受けてくれるか。助かる」

フェムト王子はぱっと顔をほころばせ、ユリシスの手を握った。

「では来週から頼むぞ」

ランドルフ国王から平然と言われ、呆然《ぼうぜん》とした。仕事が山積みだというのに、来週から行けというのか。

「ユリシス、よろしく頼みますね」

王妃からも声をかけられ、ユリシスは肩に重いものを載せられて頷《うなず》くしかなかった。


屋敷に戻ってすぐの一番にイザークにアカデミーに毎週行くことになったという話をすると、驚愕《きょうがく》した声を上げられた。

「何でフェムト王子が！　この世界はどうなっているんですか⁉　クリアした後の世界なのかっ、っていうかジハール様って魔王ですよ！」

パニックになったようにイザークが叫び、ユリシスのほうが絶句した。

「魔王……？　あの男が魔王だと？　あとクリアした後とはどういう意味だ？」

護衛騎士と名乗っていたジハールが魔王？　眩暈《めまい》がしてユリシスは目元を覆った。魔族と言われていたが、魔王となると話が変わる。

「あ、変なことを口走って申し訳ありません……。いや、正確に言うと、ジハール様はまだ魔王ではないです。魔族であるのは間違いありません。ええとグラナダ王国の政情が不安定で、フェムト王子は次期国王を狙っていて、南の魔王の息子であるジハール様と手を組んでいるのです」

失神したくなるような内容をイザークがさらりと告げる。

「南の魔王の息子⁉」

「彼の狙いはこの国の転覆……実は彼の母親は、人間で、この国の国王陛下に弄《もてあそ》ばれて命を絶ったという悲しいエピソードがあるのです。それで彼は王家を憎んでいて……」

イザークの話をユリシスは思わず手で遮った。情報過多で頭が拒否している。

「待て。やはりアレクシス様を狙った一連の事件は、そいつが主犯……？」

ユリシスは馬車の暴走や毒殺未遂事件を思い返し、青ざめた。毒殺騒ぎや、王家を狙った事件もすべてあの男の仕業なのか？

「そうです。ジハール様は国王に自分と同じような苦しみを味わわせようと……。あ、でもこの後マリアに会ってルートに入ったら改心して聖女となったマリアを守るという流れになります」

「魔族が⁉」

意味不明すぎてユリシスが怒鳴ると、イザークがしゅんとする。

「本当ですよね……何で魔族が聖女を……。ご都合主義ですが、そういうテンプレと申しますか。いや、あくまでそういう未来が起こるかもしれないという！　未来が視えました！」

イザークを責めても仕方ないが、奇妙な流れに乗っているようで苛立《いらだ》ちが収まらない。

魔族が王子の護衛騎士をしているなんて、大問題だ。しかもその魔族はこの国の王家を狙っている。それも問題だが何で自分がアカデミーで講師などしなければならないのか。

イザベラの様子を見に行けるのはいいが、何のためにレイラとキャロルをアカデミーに送ったのだ。

「きっとマリアと接点を持つように、強制力が働いているのだと思います。やばいですね。公爵様がアカデミーでマリアと会ったら、どうなるんだろう。公爵様がアカデミーに行かなければ、大丈夫だと思ってたのに……」

イザークもこの事態に憔悴《しょうすい》気味だ。マリアに会って恋に落ちたら、自分は反逆者とやらになってしまうのか。ありえない未来に頭痛がした。

「妹と同じ年齢の女性に恋をするなど、あるわけがない。はぁ、きっとこれは国王陛下が俺を忙殺するためにしたんだろう」

公爵を週に一度アカデミーに向かわせるなんて、陰謀としか思えない。国王が自分をよく思っていないことは知っているが、こういう嫌がらせをするとは。週に一度アカデミーに出向くなら、しばらく領地に戻れない。領地では魔物が活発化して問題になっているのに。

不満は大いにあったが、王命に逆らえないのも事実だ。ジハールの件を報告すべきか頭が痛かった。だが、報告するにしてもジハールが魔族である証拠はない。角が生えているわけでもないし、怪しい魔術を使った証拠があるわけでもないのだ。

「厄介な存在だな」

ユリシスは沈痛な思いで呟《つぶや》いた。次に顔を会わせる際に、個別に話が必要だ。国際問題にならないように慎重に事を進めなければならないだろう。

ユリシスは一週間後に時間を作り、王立アカデミーに馬車で向かった。ユリシスを心配したのかイザークもついてくると言い出し、行きの馬車で今後の対策について話し合った。

「つきましたよ」

王都のタウンハウスから三十分ほど馬車を走らせると、王立アカデミーの門が見えてきた。煉瓦《れんが》造りの三階建ての学び舎は荘厳な建物で、コの字の造りになっている。中庭を挟んで講堂が並び、騎士になるための訓練場も設けてある。周囲にはぐるりと高い塀が聳《そび》え立ち、三つある門には近衛《このえ》兵が立っている。

御者が門の前に立つ近衛兵に許可証を見せると、重々しく門が開き、馬車は内部へ入っていった。正面入り口前で馬車が停まったので、ユリシスはイザークを伴い馬車から降りた。

「公爵閣下、お待ちしておりました」

正面入り口にはレイラが待っていた。王立アカデミーの制服を着て、ユリシスに一礼する。

「イザベラ様は今、生徒会という学校自治の仕事を手伝っていらっしゃいます。生徒会にはキャロルも入っていますので、ご心配なく。あとで顔を見せるそうです」

レイラにそう言われ、ユリシスは軽く頷いた。あらかじめレイラとキャロルには週に一度アカデミーに行き、フェムト王子を教えることになったと知らせておいた。イザベラにはアカデミーの臨時講師になるとだけ言ってある。

「公爵閣下、ようこそおいで下さいました」

正面玄関でユリシスを待ち受けていたのは、学園長を務める中年女性だ。学園長はドーシス伯爵で、学者としても名高い。ユリシスに一礼する。

「このたびはお引き受けありがとうございます。公爵閣下のための部屋を用意しておりますので、こちらへどうぞ」

ドーシス伯爵はユリシスが年下とはいえ公爵という立場なので、礼儀正しく接してくる。ドーシス伯爵に案内されたのは、二階にある個室だった。フェムト王子に魔法を教えるだけなので個室は必要ないのだが、ドーシス伯爵なりに気を遣っているのだろう。部屋に入ると長椅子とテーブルが置かれ、重厚なデスクもある。イザークは給湯室を調べると言って部屋から出て行った。

「フェムト王子の様子はどうだ？」

ユリシスはドーシス伯爵を長椅子に座らせて尋ねた。

「はい。一週間ほど前にアカデミーに転入してきた第三王子ですが、他の学生と交流を深めているようです。アレクシス様とよく一緒におられるのを見ております」

ドーシス伯爵の目からは問題ないようだ。

「護衛騎士のほうはどうだ？」

正体が魔王の息子と知らされたので、護衛騎士の動向は気になった。ユリシスの質問に、ドーシス伯爵は首をかしげた。

「今のところ問題ないですね。フェムト王子から離れて見守っているようです」

ドーシス伯爵の話では、護衛騎士のジハールの姿はあまり見ていないそうだ。もしかしたら、護衛騎士の任を放って何か画策している可能性もある。王家に恨みを持ち、アレクシスの命を狙っているとしたら、危険だ。

「アレクシス様には今、何人の護衛がついているのだ？」

気になってユリシスが聞くと、ドーシス伯爵は「三人です」とけげんそうに答えた。

「アカデミー内は安全ですから、三人でも多いくらいでしょう」

ドーシス伯爵はのんきな口ぶりだ。近くに魔族がいるなんて夢にも思っていない。

「ところでイザベラはどうだ？　上手《うま》くやっているのだろうか」

レイラとキャロルから聞いてはいるが、学園長の目からの意見も欲しくて、ユリシスは促した。

「公爵令嬢の成績は常に上位でして、気品にあふれ、他の令嬢の手本となっています。治癒魔法の使い手ということで、魔法授業では教師が個人指導をしていますよ。生徒会の仕事もやっていますね。現在の生徒会長がアレクシス王子なので、補佐をしているようです」

　ドーシス伯爵は持ち上げるように言う。アカデミーでは、学園内の出来事は自治で解決しようということで生徒会というものが存在する。ユリシスの在学時にはなかったシステムなので、よく知らない。昔は勉強が苦手だったイザベラだが、必死に努力し、今や成績は上位クラスだ。

「フェムト王子の魔法授業は、第三訓練場で行って下さい。学園内の地図をお渡しします。時間は毎週決まっておりますが、何かございましたら変更しますので」

　ドーシス伯爵はそう言って見取り図を一枚ユリシスに手渡してきた。訓練場は五つ並んでいて、第三訓練場は室内のようだ。

「分かった。よろしく頼む」

　ユリシスはドーシス伯爵から一通りのことを聞き終え、席を立った。ドーシス伯爵が部屋を出て行くと、レイラを長椅子に招き寄せる。レイラは部屋の鍵《かぎ》をかけてから、長椅子に腰を下ろした。

「閣下。手紙で報告しましたが、イザベラ様について懸念が……」

　レイラは声を潜めて言い出す。ユリシスは目を細めて、身を乗り出した。

「手紙にも書きましたが、マリアという同学年の娘がイザベラ様に対して悪意を抱いているようなのです。具体的に申しますと、自分の教科書が破られていたのをイザベラ様がやったと吹聴しております。それだけでなく、イザベラ様に突き飛ばされたとか、嫌みを言われたとか、まるで悲劇のヒロインのように第一王子に訴えているようなのです」

レイラの報告にユリシスはこめかみを引き攣《つ》らせた。

「平民の娘が？」

ユリシスがそう言ったのも無理はなかった。ふつうならば、イザベラは公爵令嬢で、それより下位の令嬢が物申すこと自体おかしい。それなのに平民であるその娘がイザベラに盾突こうとしているなんて、ありえなかった。

「はい。と、言いますか、逆に平民であるがゆえに、身分差についてまったく考えていないようなのです。もちろん、私とキャロルが四六時中イザベラ様と一緒にいますので、事実無根と反論してあります。他の令嬢たちも皆、イザベラ様がそんなことをしたとは思っておりません」

ため息をこぼしつつ、レイラが言う。

その時、ふいにドアノブががちゃがちゃと音を立てた。レイラが鍵をかけたからだろう。イザークかも知れないとユリシスが言うと、レイラが立ち上がってドアのほうへ向かった。

「――何でお前がここへ？　何か用か？」

ドア越しにレイラが不快そうな声を出す。外にいる人とやりとりがあり、レイラが苛《いら》立《だ》った様子でドアを閉めた。ユリシスが何事かと顔を向けると、レイラが駆け寄ってくる。

「今、例のマリアという娘が部屋に入ろうとしてきました。私がいたことに驚いていたようです。部屋を間違えたとか言っておりましたが……」

カリカリした様子のレイラを見れば、マリアという娘がいかに目障りな者かよく分かる。ややあってドアがノックされ、ドア越しに「イザークです。キャロルもいます」と声をかけてきた。レイラが警戒しつつドアを開け、イザークとキャロルを中に招いた。

「今、あの女が部屋に入ろうとしていた」

レイラはキャロルに険しい顔つきで言いつけている。それに反応したのは、キャロルではなく、イザークだった。

「彼女、この部屋に公爵様がいるのを知っていたかもです。もしかすると公爵様を狙っているかも」

イザークが身震いして言ったので、ユリシスは眉根《まゆね》を寄せた。

「何故、その娘が俺のいる部屋を知っている？　俺はさっきここに案内されたばかりだぞ」

つじつまが合わないとユリシスは思ったのだが、イザークの中では合点がいく話らしい。

「はぁ、それは説明が難しいのですが……マップが用意されてるし……」

イザークが頭を抱えてぶつぶつ独り言を言う。未来視で知った事実なのだろうか？

聖女になるというその娘も、イザークと同じような力を持っているのだろうか？　事情を知らないレイラとキャロルは困惑している。だが、公爵を狙っているというのが許せなかったのだろう。レイラは剣呑《けんのん》な目つきで「あの女」と呟《つぶや》いている。

「公爵閣下、レイラからお聞き及びと思いますが、マリアという娘、なかなかの食わせ者です。彼女は生徒会にも入ってきて、第一王子とイザベラ様の邪魔ばかりしています。悔しいことにあの女、光魔法を使えて……成績も私よりいいし」

キャロルはめらめらと闘志の炎を瞳《ひとみ》に燃やしている。

「あんなクソ女、どこがいいのか分かりかねる」

レイラは何か思い出したように、歯ぎしりする。

「アレクシス様はどうしているのだ。当然、イザベラをかばったのだろうな？」

ユリシスは念のためにと問うた。するとキャロルもレイラも、よりいっそう嫌そうな顔をする。

「それが第一王子はマリアに惹《ひ》かれているようで、マリアを邪険にはしません。イザベラ様が疑われた時も、私たちが進言するまでマリアの言い分のほうをよく聞いているようでした」

キャロルが声を潜めて言う。ユリシスの目が光り、部屋中に冷気が流れ出た。

「イザベラをかばわなかった……？　まさか、イザベラよりその娘を信じると？」

ユリシスの怒りに比例して、部屋中に冷気が広がっていく。詠唱しているわけでもないのに、膨大な魔力を持つユリシスは感情がある一定の値を超えるとこのように冷気を発する。

「公爵様、落ち着いて下さい！」

イザークが慌てたようにユリシスの前に顔を突き出す。ユリシスは我に返って、息を整えた。レイラとキャロルが寒さに震えている。

「第一王子だけではないのです。王子の取り巻きの令息たちもマリアに好意的です。あの女、まるでお姫様にでもなったみたいに、第一王子やその取り巻きとしょっちゅう一緒にいます。最初はそうでもなかったのに、三カ月を過ぎた辺りから急速に接近しております。はた目からみるととても異常で……何か魔法でも使っているのではないかと」

キャロルはこのことを伝えたかったようで、神妙な面持ちだ。魔法、と言われ、ユリシスも考え込んだ。禁忌とされているが、魅了という魔法があるというのは聞いたことがある。

「フェムト王子もその女に惹かれているのか？」

ユリシスは気になって質問した。

「フェムト王子はまだそこまでではありませんが、第一王子が傍に置いているので、気が向くとお話ししているようです」

キャロルがそう言ったところで、ドアがノックされ、イザベラの声がした。すぐにキャロルが走って鍵を開け、イザベラを中に入れる。

「お兄様」

イザベラはユリシスを見つけるなり、声をはずませて駆け寄ってきた。ユリシスは長椅子から立ち上がり、イザベラを抱き留めた。イザベラはうるうるした瞳でユリシスの胸に身を寄せる。

「お兄様……これからは毎週お会いできますね。嬉《うれ》しいです」

イザベラはぎゅっとユリシスに抱きつき、潤んだ目でユリシスを見上げる。可愛い妹に対する愛があふれ、ユリシスはその目元の涙を指ですくった。

「元気にしていたか？　これからは週に一度アカデミーに来るから、お前もここへきて元気な姿を見せてくれ」

ユリシスが髪を撫《な》でると、イザベラは嬉しそうに微笑んだ。イザベラに学園内の話を聞いたが、何故かマリアに嫌がらせされている話はしなかった。勉強が難しいとか、魔法の授業をがんばっているという話ばかりだ。イザベラなりにユリシスに心配かけたくないという思いがあるのかもしれない。

「公爵閣下。お時間です。フェムト王子は第三訓練場でお待ちです」

イザベラの話を親身になって聞いているうちに、ドアがノックされ、ドーシス伯爵が呼びに来た。

「では、俺は少しフェムト王子を見てくる」

ユリシスは名残惜しくも席を立った。正午の鐘が鳴り響き、イザベラたちも授業に戻るという。ユリシスはイザベラと来週の約束を交わし、イザークを伴って学園内の廊下を歩いた。イザークはレイラとキャロルの話を聞いてから浮かない表情だ。

「マリアという娘、危険だな」

ユリシスは後ろにいるイザークに向かって小声で言った。いくらアカデミー内は身分差を考慮しないと言われていても、平民が公爵令嬢に嫌がらせをするなんて考えられない。しかも肝心のアレクシスがイザベラをかばわないというのは、看過しがたいことだった。

「はい……。本当に危険かもしれません。そもそも運命の娘のはずなのに、何であんなに性格が悪いんだ？　ありえない……」

イザークはずっと思い悩んでいる。

「ふつう聖女と言えば、心の清らかな者が選ばれるはずなんですが」

イザークの言い分はもっともだった。聖女に選ばれし者は、心も体も清らかなはずだ。もっとイザークの未来視について知りたかったが、今はフェムト王子の授業がある。

廊下を曲がり、渡り廊下に出て、訓練場へ進む。第三訓練場はドーム型の室内訓練場で、扉の前にジハールが立っていた。ユリシスはハッとして、ジハールの前で立ち止まった。

「……お前には聞きたいことがある。フェムト王子の魔法指導の後、時間をもらいたい」

ユリシスはジハールが何か話す前に先んじて言った。王家を狙っている疑惑があるジハールをこのまま野放しには出来ない。

「いいだろう。俺もお前にききたいことがある」

ジハールはじろじろとユリシスを眺め、扉に手をかける。

「ふぉお……」

背後にいたイザークが変な声を上げて身悶《みもだ》えている。イザークは頰を紅潮させ、ちらちらとジハールを盗み見ている。明らかに様子がおかしかったので、ジハールも気になったようだ。

「そいつは？」

扉を開けたジハールが、うさんくさそうに言った。

「私の補佐をしているイザークだ」

ユリシスがそっけなく答えると、イザークが慌てて頭を下げる。

「お初にお目にかかります、イザークと申します。ジハール様」

イザークがしゃちほこばって名乗ると、ジハールが気に入らないと言わんばかりの目つきで睨《にら》んできた。

「俺は護衛騎士だ。様は必要ない」

ジハールは警戒するようにイザークを頭からつま先まで見据える。ユリシスは室内で水魔法の練習をしていたフェムト王子に近づいた。

「モルガン公爵。今日からよろしく頼む」

フェムト王子はユリシスを見るなり、嬉しそうに駆け寄ってくる。白いシャツにズボンというラフな恰好《かっこう》で、今日は長い髪を垂らしていた。イザークは扉のところで何やらジハールと話している。はた目にも挙動不審なのが見て取れ、大丈夫かと心配になった。

今日から週に一度、フェムト王子の相手をしなければならない。

何事も起こらなければいいがと、ユリシスは身を引き締めた。


フェムト王子の魔法指導は思ったよりも楽だった。フェムト王子は頭の回転が速く、ユリシスの少ない言葉から多くを学び取っている。一時間ほどの指導でフェムト王子は小さいながらも水を固形化するのに成功した。これなら数回指導すれば、氷魔法を会得出来るだろう。友好国とはいえ、他国の王子に新たな魔法を教えるのは気が進まなかったが、国王はフェムト王子が王位に就く可能性を感じ、恩を売ろうとしているのかもしれない。

一時間の指導が終わり、ユリシスは第三訓練場を出た。外にはジハールとイザークが待っていて、ユリシスとフェムト王子が出てくると近づいてきた。

「フェムト王子、彼と少し話をしたいのだが」

ユリシスがちらりとジハールを見て言うと、フェムト王子はぴくりと唇を歪《ゆが》めた。

「ではここで待っていよう」

フェムト王子が木陰に立って言う。イザークが代わりにフェムト王子の傍に残り、ユリシスはジハールと共に彼らから少し離れた場所へ移動した。

「単刀直入に聞こう。王族が狙われる事件で、そちらの姿を何度か見た。事件への関与を疑っているが、弁明はあるか？　お前はクロ、フェムト王子はグレーというところだ」

フェムト王子たちに聞こえない場所でユリシスは率直に聞いた。王族にこんな質問は不敬なので出来ないが、ジハールは一応今は護衛騎士という立場だ。まどろっこしいのが嫌いなユリシスは遠慮なく質問をぶつけた。ユリシスの問いに、ジハールは表情一つ変えずに腕組みをした。

「証拠はないのだろう？　俺が王族に手をかけたという」

平然と問い返すジハールには、余裕があった。ジハールの言う通り、証拠などない。もしあったとしたら、とっくに捕縛している。ユリシスが直接尋ねたのは、ジハールの性格を知りたかったからだ。人は疑われた時、本質が出るとユリシスは思っている。ジハールは豪胆な性格をしていて、誰に疑われようと怯《おび》える様子もない。それだけ自分の力に自信がある。イザークから彼が魔族で魔王の息子と言われなければ、ユリシスはすぐに内偵調査を始めただろう。

「そうだな。だからこれは忠告だ。王族を狙う真似は看過出来ない。国同士の戦争に発展しそうな真似はやめてくれ」

ユリシスも動じずにジハールを見返した。イザークの話によると、ジハールの母親は国王陛下に弄《もてあそ》ばれて命を絶ったという。それで思い出したのだが、ユリシスが幼い頃、ランドルフ国王がグラナダ王国に招かれて二週間ほど滞在していたことがあった。ジハールの母親に何かあったとしたら、そこで起きたのだろう。女好きの国王が見目のいい女性を摑《つか》まえて我が物にした情景が簡単に目に浮かぶ。ジハールには同情するが、公爵として愚王でも守らねばならない。

「戦争は俺も望んでいない。それにフェムト王子は俺につきあっているだけで、彼も戦争などは望んでいない」

ジハールはじっとユリシスを見つめて言う。

「俺もお前に聞きたい。十五年ほど前、竜の子どもを助けなかったか？」

一歩前に進んでジハールが囁《ささや》く。聞かれたくない話なのか、やけに密着して聞いてくるので、ユリシスは身体をずらした。

「竜の子ども……？　……それがどうかしたか？」

聞かれて思い出したのだが、小さい頃領地に紛れ込んだ竜の子にポーションを与えたことがあった。後から竜は危険なので子竜でも近づくべきではないと父に叱られた。何故そんな質問をするのかとユリシスは怪訝《けげん》げにジハールを窺《うかが》った。

するとジハールの手が伸びてきて、ユリシスの頰に触れる。

「お前……美しいな」

ぼそりとジハールが呟《つぶや》いた。呆《あき》れてユリシスは、その手を撥《は》ね除《の》けた。人の顔にいきなり触れるとは、マナーがなっていない。同じ国の人間だったら、魔法で攻撃していたところだ。

「気安く触れるな」

ユリシスが苛立《いらだ》って言うと、ジハールがまるで聞こえないように顔を寄せる。

「この前も思ったが、お前ほど美しい人間は見たことがない」

じっくり眺めながら言われ、ユリシスは眉根《まゆね》を寄せた。

「どうせ人形のようだと言うのだろう。それとも悪魔的か？　顔の造作などどうでもいい」

陰で人々がユリシスの容姿を噂しているのは知っていたので、つい不機嫌になって顔を歪めた。ジハールはそれが意外だったようで、目を細める。

「もったいない。それはお前の武器の一つでもあるのに」

ジハールが両手を挙げて小さく笑う。顔の美醜など何の役にも立たない。ユリシスはこれ以上話しても無意味だと思い、ため息をこぼした。

「忠告はしたぞ。フェムト王子に何事もなく過ごさせたいなら、疑惑を招く行動はするな」

ユリシスはじろりとジハールを睨みつけ、背中を向けた。もとよりジハールを尋問して事態を明らかにするつもりはなかった。ユリシスとしては、ジハールが大人しく過ごしてくれるのを望んでいる。戦争にでもなったら、再びユリシスは戦場へ駆り出されるだろう。

このまま何事もなく彼らが帰るのを祈るばかりだった。


フェムト王子に氷魔法を教え始めて、一カ月が過ぎた。フェムト王子は呑《の》み込みが早く、魔力量は多くないが、熱心な生徒だった。ジハールはあれ以来、何故か護衛相手を間違えたかのようにユリシスの横にいることが多くなった。大して話をするわけでもないが、時折背後から近づいてきて首の匂いを嗅《か》がれるのがひどく気になった。

ユリシスがアカデミーに来る際は、必ずイザークもついてくるようになった。イザークはマリアとユリシスを会わせないようにと、学園内の人の来ない道を選ぶのが得意だった。おかげで噂は聞くものの、マリアという娘とは一度も顔を合わせないまま最初の一カ月を乗り切った。

あっという間に冬期休暇が近づいて、学園の周囲も冬景色になった。落ち葉が地面を埋め、北風が頬を嬲《なぶ》る。明日から冬期休暇ということで、ユリシスはフェムト王子の授業をこなし、イザベラと共に屋敷へ戻ろうと学園内に留《とど》まっていた。

「念のため、マリアという娘の顔を覚えておきたい。偶然会った時に避けられるように」

与えられた部屋の整理をして、ユリシスはイザークに言った。イザークなら、マリアがどこにいるのか知っているはずだ。

「未来視によると、こちらへ来ればマリアが見えると思います」

イザークは時計を確認して、ユリシスを校舎の廊下へ誘《いざな》った。三階の窓から噴水のある庭が見下ろせる場所だ。ユリシスは窓際に立って待った。

「あ、来ました。あれがマリアです」

横にいたイザークがユリシスに耳打ちする。窓から噴水の辺りを見下ろすと、ピンク色の髪をした娘がきょろきょろしながら噴水に近づいてくる。小柄でぱっちりした瞳《ひとみ》の可愛らしい顔をした娘だ。あれがマリアか。

「公女様です」

イザークがそわそわして言う。イザークの言葉通り、イザベラがキャロルと共に向こうから歩いてくるのが見える。おそらく授業が終わり、これから寮へ向かい荷物をまとめるのだろう。

「イザベラ様ぁ」

ユリシスのところにも聞こえるくらい媚《こ》びた声で、マリアがイザベラに駆け寄る。マリアは馴《な》れ馴れしくイザベラに腕を絡め、ぐいぐいと噴水のほうへ引っ張る。イザベラは戸惑いながらもマリアを邪険にできず、引っ張られている。

「何かご用ですか、勝手に触るなど無礼な！」

キャロルが目を吊《つ》り上げて怒っている。ユリシスの目にもマリアの行動は異常に見えた。話を聞く限り仲がよくないようなのに、何故許可もなく公爵令嬢の身体に触れているのか。

「きゃあああああ！」

キャロルに怒られたマリアは、噴水の傍に来るなり、わざとらしい悲鳴を上げて水に倒れ込んだ。水しぶきが上がり、マリアは噴水の水たまりに膝《ひざ》までつかる。

（は？　今、自ら噴水に落ちていったが……あの娘、頭がおかしいのか？）

ユリシスは自分の目にしたものが理解できず、呆然《ぼうぜん》とした。すると、どこからか「マリア！」という声と駆け寄る足音がした。

「大丈夫か⁉」

駆け寄ってきたのは、アレクシスと近衛《このえ》騎士団団長の息子であるショーン、伯爵家の息子マイクだった。彼らは噴水の中に落ちたマリアに手を差し伸べ、口々に大丈夫かと心配している。

「ひどいです、イザベラ様……っ、私のことが嫌いだからって噴水に突き落とすなんて！」

アレクシスに支えられながら、マリアが叫ぶ。ユリシスは目が点になり、横を向いた。イザークがやれやれというように肩をすくめる。自分から落ちたくせに、あの女は何を言っているのだろうか？

「わ、私はそんな……っ」

イザベラはあらぬ疑いをかけられ、青ざめて後退する。

「イザベラ様がそんなことするわけないでしょうが！　自分で落ちたくせに何言ってんのよ！」

キャロルが顔を真っ赤にしてわめいている。

「ひ、ひどい……、王子……私……」

マリアは涙をぽろぽろ流して濡《ぬ》れた身体でアレクシスにすがる。アレクシスはマリアを抱きしめ、キッとイザベラを睨《にら》んだ。

「イザベラ！　何故そのような真似を！　まさか私とマリアの仲を嫉妬《しっと》してか⁉」

アレクシスは憤懣《ふんまん》やるかたなしといったそぶりで、イザベラを糾弾する。横にいたショーンとマイクも、マリアをかばうようにイザベラの前に立つ。

「見損ないましたよ、イザベラ嬢。やはりあなたの性根は変わってなかったということだ」

ショーンが吐き捨てるように言う。

「どうせ平民だから何をしてもいいと思っているのでしょうね」

マイクも侮蔑《ぶべっ》的な眼差《まなざ》しだ。イザベラは謂《いわ》れのない罪を責められて、真っ青になっている。

ユリシスは窓枠に足をかけた。これ以上見ているのは限界だった。

「こ、公爵様⁉」

イザークが悲鳴を上げる。ユリシスは三階の窓から宙に飛び降りた。高さのある場所からいきなり飛び降りたユリシスに、イザークが驚愕《きょうがく》する。

ユリシスは飛び降りながら氷魔法を使った。あっという間に氷の塊が宙に浮かび、ユリシスはそれに飛び乗った。氷の塊は飛び石のように宙に現れ、ユリシスは階段を下りるように降下した。ふいに氷魔法が発動されて、噴水の前にいた六人がびっくりしてこちらを向く。

「おい、そこの娘」

ユリシスは氷の階段を下りて、騒ぎが起きている場に足を踏み入れた。突然現れたユリシスに、アレクシスが驚きのあまり口をぽかんとする。イザベラは「お兄様」と涙を浮かべてその場に膝をついた。

ユリシスは深い憤りを抱えたまま、下半身を濡らしているマリアに近づいた。マリアは目を見開いて、ユリシスに目をくぎ付けにさせる。

「すべて上から見ていたぞ。自分で噴水に落ちておきながら、我が妹に罪をなすりつけるとは何事か」

ユリシスは氷のように冷たい眼差しで、マリアを見据えた。マリアは青ざめつつも何故か興奮した様子で、アレクシスを突き飛ばす。

「きゃあ、やっとユリシス様に会えたぁ！」

マリアは裏返った声でユリシスに向かって身を乗り出してきた。ユリシスは腰に下げていた剣を引き抜き、駆け寄ろうとしたマリアの胸に剣先を突きつけた。さすがにマリアも剣を向けられて、青くなって固まる。

「ユ、ユリシス……？　何故お前がここに」

アレクシスはひたすら呆然としている。ユリシスはそれを強く睨みつけ、呪文を詠唱しながらどんどんと足を鳴らした。するとマリアの足元から腰までが、みるみるうちに凍っていく。マリアは「きゃあ！」と叫んだ。

「答えろ、娘。何故嘘をついた？　我が妹に罪をなすりつけるとは、この場で斬り殺されても構わないようだな？」

ユリシスはぎらついた目でマリアを見下ろした。ユリシスが本気だと分かったのだろう。マリアはがたがたと震えて、「あ……う…」と咽《のど》を引き攣《つ》らせた。

「ユリシス！　待ってくれ、きっと何か誤解が」

アレクシスも青くなって、ユリシスを止めようとする。ショーンとマイクは突然現れて剣を突きつけるユリシスにひたすら呆然としている。

「は？　誤解？　アレクシス様、あなたには本当にがっかりしました。この女の嘘も見ぬけずいいように操られて。あまつさえイザベラを糾弾するとは」

ユリシスが冷気を放って睨みつけると、アレクシスが震えてうつむく。

「い、いやあの……確かに一方の言い分を聞いていたのはよくなかった……かもしれない」

アレクシスもようやく自分の不備に気づいたようだ。

「公爵家の害となる平民、謝罪の気もないようだな。あの世で詫《わ》びるがいい」

ユリシスは剣を振り上げて、マリアを斬り捨てようとした。すると「お兄様！」と背後からイザベラの声がする。

「お兄様……私のために怒って下さってありがとうございます。お兄様が真実を知っているなら私はそれでいいのです。こんな場所で人を殺すなど、よくありませんわ」

イザベラはけなげにも立ち上がり、ユリシスの背中にそっと抱きついてくる。ユリシスとしてはこのままマリアを斬り殺してしまいたいところだったが、ここでイザベラの言い分を無下にするわけにもいかなかった。

ユリシスは舌打ちして剣を下ろし、マリアを見据えた。

「何か言うことはあるか？」

ユリシスが促すと、マリアはがちがちと歯を鳴らして、目を伏せた。

「ご……ごめ、んなさい、い……。ちょっとし、た、いた、ずらのつも、りで……っ」

下半身を凍らされて、マリアは歯の根が合わないようだった。アレクシスを見やると、呆然としている。

「そうか、ちょっとしたいたずらのつもりで、公爵令嬢に罪をなすりつけたか。俺もちょっとしたいたずらで、この剣を振り下ろしてみるか？」

ユリシスは物騒だと言われる笑みを浮かべ、剣で宙を斬った。マリアには当たらなかったが、マリアの髪がひとふさ、はらりと落ちた。

「——二度と俺の妹に近づくな。次はないぞ」

ユリシスは剣を収め、指をぱちんと弾《はじ》いた。するとマリアの下半身を凍らせていた氷は霧散した。それでもまだマリアはぶるぶる震えている。

「閣下ぁ！　来てくれて本当に助かりました！　あの女の嘘にまたイザベラ様が泣かされるところでした！」

キャロルはうずくまっているマリアに舌を出し、晴れ晴れとした顔でイザベラとユリシスに駆け寄る。ショーンとマイクはこの事態に困惑しているようだ。ユリシスはアレクシスに近づいた。

「アレクシス様。どうやらあなたの本質を見誤っていたようだ。あなたがイザベラを無下にしているという報告は受けております。その娘のほうがいいというなら、こちらにも考えがある。この始末はつけてもらいますよ」

ユリシスは絶句したままのアレクシスに冷酷に告げた。アレクシスがぎょっとして、身を引く。ユリシスはイザベラの肩を抱き、この場から歩き出した。階段を下りて駆けつけたイザークが、この騒ぎに集まった人だかりを追い払った。

「…………」

背後からマリアという娘の執拗《しつよう》な視線を感じた。ユリシスはそれを無視して前に進んだ。

アカデミーでの事件の後、ユリシスの行動は早かった。

王宮に向かい、国王陛下と王妃に謁見し、アレクシスの立太子の儀を取りやめる旨を伝えたのだ。理由として学園内で起きた出来事を言うと、王妃は眩暈《めまい》を感じたように頭を抱えた。

「マリアという聖女候補の話は聞き及んでおります」

王妃は申し訳なさそうに口を開いた。学園内には王家の間者を忍ばせていて、学園内で起きた出来事は逐一報告させているそうだ。マリアという平民出の娘が、貴族の令息と必要以上に親密だというのは聞いていたらしい。

「若さゆえに、今だけのことと見逃しておりました。イザベラ嬢に対してそのような態度をとっていたとは……」

王族が頭を下げることはないが、王妃は最大級の謝罪をユリシスに向けた。

「アレクシス様なら次期国王にふさわしいと思って立太子の儀を引き受けましたが、あの方はその器ではなかったようです。私の妹を粗末に扱うような方の後ろ盾はできません。私は手を引きますので、他の方に任せていただきたい」

ユリシスは頑とした態度でそう言った。ユリシスの憤りを感じ取ったのだろう。すぐにアレクシスが呼び出され、謁見の間に不穏な空気が広がった。

「す、すまない、ユリシス。昨日のことは私の間違いであった……。イザベラ嬢に申し訳ないことをしてしまった……」

アレクシスはびくびくしてユリシスを上目遣いで見る。ユリシスに憧《あこが》れていたアレクシスからすると、どれほど怒り心頭か悟ったのだろう。

「謝って済む問題ではありません。アレクシス様はあの娘がよいのでしょう。でしたらイザベラとは婚約破棄していただきたい。イザベラにはもっとふさわしい男がいるはずです」

「それは……っ」

ユリシスの頑《かたく》なな態度に、王妃が声を張り上げる。さすがにアレクシスもショックを受けている。現在王妃の息子は二人だが、第一側室にも息子は一人いる。アレクシスより年上で、頭の回転も速く、剣技も立つ。イザベラがアレクシスを好いていたのでアレクシスの後ろ盾となっているが、ユリシスが第一側室の息子の味方になったら、王妃の息子といえど簡単には王位を継承できない。

「ユリシス！　私がどうかしていた！　もう一度考え直してくれないか……、あの時は何故かマリアの言い分が正しく思えてしまったのだ……。イザベラ嬢には真摯《しんし》に謝る。私を見捨てないでくれ！」

アレクシスが必死の形相でユリシスの腕を掴《つか》む。アレクシスは王になるためにこれまでがんばってきた。ひょっとしたら驕《おご》りもあったかもしれない。まるで夢から醒《さ》めたように、ユリシスにすがってきた。

このまま振り捨ててしまいたいところだが、一度も情けをかけないのも師として問題がある。

「——そこまでおっしゃるなら、一度だけ見逃しましょう。ただし、イザベラに対するあのような扱いをまたするようなら、私にも考えがあります。それに——陛下。アレクシス様に王位を継ぐ資格があるかどうか分からなくなったので、立太子の儀は、アレクシス様の卒業一年後に延期させていただきたい」

ユリシスは国王に向かって、強い視線を投げかけた。それまで黙っていたランドルフ国王も、情けない表情のアレクシスを見やり、軽く手を振った。

「そのように」

ランドルフ国王にとっては、王位を継ぐのはアレクシスでなくても問題はない。軽い言葉で延期を決められ、アレクシスの顔が強張《こわば》る。王妃も悔しそうに歯噛《はが》みした。

「では失礼します」

ユリシスは儀礼上頭を下げて、踵《きびす》を返した。言いたいことは言ったので、少しだけすっきりした。謁見の間を出て廊下を歩いていると、背後から駆け寄る足音がする。

「ユリシス！　待ってくれ！」

追いかけてきたのは、アレクシスだった。息を切らしてユリシスの前に回り込み、いきなり深く頭を下げてきた。

「アレクシス様……頭を上げて下さい」

王族は頭を下げてはいけないというのが通例だが、これはアレクシスなりの詫びなのだろうとユリシスは受け取った。

「ユリシス……。本当に悪かった。昨日、私は急に意識がはっきりした感じなんだ。自分でも何故マリアの肩を持ったのか分からない。だが、マリアといると何だかそうするのが当たり前という気分になって……」

悄然《しょうぜん》と肩を落とすアレクシスに、ユリシスは目を光らせた。

「……あの娘、魅了の魔法を使っている可能性はありますか？」

ユリシスが低い声で聞くと、アレクシスが戸惑って口元に手を当てる。

「いや、それは……ないと思う。私は魔返しの魔法具を持っているし」

アレクシスが見せたのは、ネックレスになっている赤い宝石だった。赤い宝石にはあらゆる魔法をはねのける力があるそうだ。

「そうですか……」

魔法ではないなら、マリアの魅力ということだろうか？　それにしても貴族令息を三人もたらしこむなど、ふつうではない。

「だが……」

ふっと何かに気づいたように、アレクシスが言葉を濁す。ユリシスが促すと、アレクシスがポケットからクッキーを取り出した。

「マリアからよくこのクッキーをもらうのだが……。これを食べた後は、マリアに無性に会いたくなる」

アレクシスがおずおずとハンカチに包《くる》まったクッキーを差し出した。そんな怪しいものを食べるなんて、王族の意識が低いと言わざるを得ない。

「至急、成分を調べさせるようにして下さい。ひとつ、私もいただきます。私のほうでも調べてみますので。今後は、二度と口になさらないように」

ユリシスはクッキーをひとつ摘《つ》まみ、自分のハンカチに包んだ。何度も謝るアレクシスに別れを告げ、ユリシスは屋敷へ戻った。

屋敷に戻ると、イザベラが玄関で待ち構えていて、どうなったのかを聞きたがった。ユリシスがイザベラに「婚約破棄してもいいか？」と昨夜尋ねたのが原因だろう。

「一度だけ、見逃すことにした。次に同じことをしたら、アレクシス様は捨てろ」

ユリシスは断固とした声音で告げた。イザベラはホッとしたような表情で、小さく頷《うなず》く。

「それにしてもイザベラ。何故、今まで黙っていた？　あの女にこれまでもいろいろされてきたのだろう？」

　ユリシスが疑問に感じたのはイザベラの態度だ。以前のイザベラなら、あんな出来事が起きていたらすぐにユリシスに言いつけにきていた。目障りな女がいると報告してもおかしくなかった。

「……私は罰を受けているのです」

　イザベラは目を伏せて、弱々しい声を出した。

「罰？」

　聞き捨てならなくて、ユリシスはイザベラの肩に手を置いた。

「はい。マリアさんはまるで昔の私のようで……。私もあんなふうに他人を蹴落《けお》としたり、嫌がらせをしたり、最低な行為をしておりました。だから、その報いだと……」

　イザベラが何故マリアの行為を黙っていたのか、その理由が判明した。イザベラは叔《お》母《ば》の洗脳が解けて、やっと自分と周りに目がいくようになった。だからこそ昔自分がしていた非道な行いを、後悔していたのだ。

「お前は十分反省した。もう黙っている必要はない」

　ユリシスはイザベラに愛しさを感じて、抱き寄せた。アンジェリカはイザベラの本質は変わっていないと言っていたが、今は違うとはっきり断言できる。イザベラはいいほうに変わった。もう悪役令嬢とやらにはならない。

ユリシスに髪を撫《な》でられ、イザベラは照れくさそうに頬を擦り寄せた。イザベラにはもうユリシスの愛情が伝わっている。そういえば、とイザベラは棚に置かれた宝石箱を持ってきた。

「お兄様が王宮に行かれた後、アレクシス様からお詫《わ》びの品が届いたのです」

イザベラはまだアレクシスに対する想いがあるらしく、もらった宝石を見せてくる。そんなもので公爵令嬢が絆《ほだ》されるなと言いたかったが、一応誠意は確認した。

「ところでお兄様。領地にはアンジェリカ様を連れて行かないのですか？」

イザベラを部屋まで送る途中、思い出したように言われた。

「最近お会いになられてます？　冬の間は社交も少ないですけれど、ちゃんとアンジェリカ様と愛を育《はぐく》んで下さいね」

真剣な様子でイザベラに言われ、そういえば花一つ贈っていなかったと反省した。婚約者の義務を怠るとは、アンジェリカに失礼だった。早速メイド長を呼んで、アンジェリカに宝石を贈らせ、季節の手紙も添えた。

執務室に行くと、同じように待ち構えていたイザークがどうなったかと迫ってくる。王宮での会話を聞かせると、イザークは「クッキー！」と声を張り上げた。

「そうです！　ラブクッキーなるアイテムがありました！」

イザークにはクッキーに心当たりがあったらしく、身をくねらせている。ユリシスは呼び鈴を鳴らして執事を呼ぶと、アレクシスから受け取ったクッキーを渡した。

「至急、このクッキーの成分を調べさせろ」

ユリシスの命令に、執事が「はっ」と頷いて、部屋を出て行く。

ユリシスはソファに座り、腕を組んでイザークを前に座らせた。

「お前はあの噴水の場で、あの事件が起こることを知っていたんだな？」

改めてユリシスが問うと、イザークが頭を掻《か》く。

「はい。冬期休暇に入る前日、公女様が気に入らないしゅじ……聖女候補を噴水に突き落とすという未来がありましたので。本来ならそこへ偶然居合わせた王子が公女様を嫌悪するという流れでした。現在の公女様はそのようなことするはずがないので、どうなるのかと思っておりましたが、まさか彼女があのような姑息《こそく》な手を使うとは……」

イザークはしみじみと言う。

「でも昨日のことではっきり分かりました。おそらく、あのマリアという少女、私と同じように未来を知っています」

イザークは恐ろしげに両手を合わせる。

「しかもあの態度……私と同じくユリシス様萌《も》え……。以前、部屋に入ってこようとした話を聞いた時から疑っておりましたが、確実に公爵様を狙っております。聖女候補の性格があれでは、世界観ぶち壊しだなぁ……なまじ記憶があったのが問題だったのでは」

途中から何を言っているか分からなかったが、イザーク曰《いわ》く、マリアはユリシスと恋仲になりたいそうだ。平民の身で、分不相応な思考だ。

「ありえない。虫唾《むしず》が走る」

イザベラにあのような真似をした女と恋に落ちるなんて、天地が引っくり返ってもない。ユリシスが嫌悪感を露《あらわ》にすると、イザークが大きく頷く。

「だとしたら絶対にクッキーは食べないで下さい。あれは恋のアイテ……いや、人の心を操るもので、あれを食べるとマリアを好きになってしまうのです。アレクシス様たちがマリアに肩入れしたのは、クッキーのせいだと思います。っていうか昨日の様子を見て、マリアは逆ハーレムルート……、あっ、いろんな男性から愛されたい、みたいな目的があるかと」

「ハーレム……」

ぞっとしてユリシスは自分の腕を抱いた。清純な少女がそのように淫《みだ》らな目的を持っていたなんて、信じがたい。イザーク曰く、マリアは攻略対象の男性すべてを自分のものにしたいらしい。

「一応申し上げますが、ジハール様は闇属性なので、聖属性のマリアの魔法をはねのけることができます。アレクシス王子を守るなら、ジハール様にお願いするといいです。フェムト様は今のところマリアに興味がないようですから、きっとジハール様が何かしているんだと思います」

イザークの知識は有効だが、魔族に頼るのは危険だった。ただでさえ、魔族と協力して国を滅ぼすという予言をされているのだ。うかつに近寄って現実になったら困る。

「それはそうとお前、ジハールに対していつも態度が変だぞ」

ふと思い出して、ユリシスは眇《すが》めた眼差《まなざ》しになった。イザークはジハールの前だと、顔を赤くしたり凝視したり訳の分からない言葉をぶつぶつ呟《つぶや》いたりする。最初に会った時から変だったが、特にユリシスとジハールがしゃべっていると奇声を上げるのが困りものだ。

「あ、はい。すみません……。私前世ではジハユリだったもんで……。あっ、いや何でもないです！　このままじゃ腐男子になるっ」

イザークは何故か慌てている。何を言っているか意味不明だったが、イザークがおかしいのは前々からだ。

「……マリアという娘、暗殺するわけにはいかないか？」

ユリシスは手を組み、宙を見据えてぽつりとこぼした。あの女のせいでイザベラが悲しい思いをするのは見過ごせない。ひそかに殺しては駄目だろうか。

「そ、それはちょっと……っ。次期聖女になる方ですし、結界が張れなくなったら魔族が領地にも攻めてきます」

イザークはユリシスの発言にひやひやしている。ユリシスは舌打ちした。確かにこれ以上領地に魔物が出現するのは困る。定期的に討伐しているものの、その頻度が最近ますます高くなっていた。

マリアのことは気になったが、しばらく会うことはないので忘れようとした。翌日には馬車に荷物を積んで、ユリシスはイザベラやキャロル、レイラ、イザークと共に領地へ向かった。冬期休暇は一カ月ほどあるので、しばらく領地にいるつもりだった。

五日ほどかけて領地に戻る途中、雪がちらついていたが、城に着く頃には辺り一面は銀世界になっていた。まだそれほど降り積もっていなかったので馬車での移動もできたが、街道をもっと整備しないと悪天候の場合身動きがとれなくなる。ユリシスの持つ領地は街道整備が進んでいるほうだが、それでも地方に行くとまだ開発されていない都市が多い。レイラやキャロルを家へ送り届け、ユリシスはイザベラとイザークを連れて城へ入った。

「お帰りなさいませ、閣下、イザベラ様」

馬車がファサードにつくと、執事長のドリトンが馬車の扉を開け、声をかけた。ずらりと並んだ使用人一同が頭を下げて出迎える。ユリシスは馬車を降りイザベラの手を取ると、城の中へ足を踏み入れた。城内は冬支度がすんでいて、ユリシスがつく前に暖炉には火が灯《とも》されていた。ドリトンの手配は完璧《かんぺき》で城内は綺麗《きれい》に整えられている。

「留守の間の報告を受けよう」

ユリシスはイザベラやイザークと分かれ、私室に入ってドリトンを振り返った。侍女がユリシスの衣服を脱がし、冬用の私服へと着替えさせる。使用人たちが馬車に載せてきた荷物の荷解きをしているのを眺め、ユリシスはカウチに座ってドリトンの報告を受けた。

「魔物の数が増えております。騎士が交代で境界線を見張っておりますが、数は一向に減らず……近隣の村では死者数も増えております」

報告の中でも特に魔物に関する件は問題だった。日ごとに魔物が増え、騎士たちが交代で討伐しているが埒が明かないようだ。騎士団は有能だが、それでも多すぎる魔物討伐は疲弊する。王都から遠くなると結界が薄まるのか、広大な領地を持つ領主は皆同じように魔物の数が増えて困っている。ユリシスの持つ領土は広く、魔物の被害は後を絶たない。私兵の数が千名ではいくつかある境界線を守るには足りない。ユリシスは准騎士、見習い騎士という名目で三千の騎士を抱えているが、もっと兵力が必要だった。

「これ以上、雪が降らないといいが」

窓から外を眺め、ユリシスは呟いた。雪が降ると農作物に影響がある。ユリシスの持つ領地は温暖な気候と言われているが、数年に一度は寒波が訪れる。

「閣下がお戻りになったので大丈夫でしょう」

ドリトンはユリシスの存在に全幅の信頼を寄せているのか、自信ありげに言う。

ドリトンの言った通り、翌日には雪が止み、明るい日差しが領地を照らした。領地ですることは山のようにある。溜《た》まった書類仕事、領地の視察、各地を任せている貴族との謁見、そして魔物の討伐だ。

政務をこなしていると、騎士団長のクロードが武具をつけたままの状態で執務室をノックした。

「閣下。領地で怪しい人物を捕らえました。大変強い男で、特徴的にグラナダ王国の人間らしいのですが……。ジハールと名乗っておりますが、閣下のお知り合いでしょうか？」

困ったそぶりで言われ、ユリシスは書類にサインしていた手を止めた。

「ジハール？　何故、奴がここに？　フェムト王子の護衛騎士だが、王子も一緒か？」

王都にいるはずのジハールが領地に現れたのは意外だった。距離もあるし、気軽に来られる場所ではない。他国からの商人が領地に入る場合もあるが、本当にジハールならどうみても商人には見えないだろう。

「いえ、単身でした。酒場で問題を起こし、客と警備隊の者を全部のしたそうです。騎士が駆けつけた時には一人で酒を呷《あお》っていたとか」

クロードの話す光景が目に浮かぶようで、ユリシスは額に手を当てた。

「連れて来い」

本当にジハールなら、事情も聴いておきたい。ユリシスは指示を出し、残りの政務を片付けた。

一時間ほどして執務室に、騎士に囲まれて黒マントを着たジハールが現れた。顔を見てジハールと確認すると、ユリシスは騎士たちを帰した。大勢に剣を向けられたが、ジハールはかすり傷一つなく、憮然《ぶぜん》とした態度だ。

「フェムト王子の護衛はどうした」

ユリシスはジハール一人なのを疑問に感じて問うた。ジハールはフードを振り払い、だるそうに首を鳴らした。

「近衛《このえ》騎士に見てもらっている。俺もここまで来るつもりはなかったんだ。昨日は満月だったから、つい気が逸《はや》って」

低い声で呟かれ、ユリシスは眉根《まゆね》を寄せた。昨日が満月だから、という理由が意味不明だった。王都から馬車で五日かかるのに、まるで昨夜来たみたいな口ぶりだ。

「観光で来たとでもいう気か？　うちの領地は王都から遠い。気楽に来られるわけがないだろう」

王都から五日はかかる領地に、ジハールが現れた意味が分からない。ユリシスの領地に忍び込み何か画策でもしているのかと勘繰ったが、こんなに目立つ男が暗躍している図は無理があった。雑多な人種の行きかう王都ならまだしも、ここでは肌の色の違うジハールは目立ちすぎるだろう。

「喧嘩《けんか》を起こしたそうだが、牢《ろう》に入れられたくなかったら大人しくしていろ。王都に戻るなら馬車を用意してやる」

うさんくささは残ったが、他国の王子の護衛騎士であるジハールを無下に扱うことはできない。しかも魔族で魔王の息子だ。穏便に去ってもらいたい。

「けっこうだ。それより、聞きたいことがある」

執務室から追い出そうと思ったのに、ジハールは窓際に立ち、西の森のほうを顎《あご》でしゃくった。三階の執務室からは西の森の一部が見える。

「お前……あの森の奥の湖で、竜と会わなかったか？」

窓のほうを向いたまま、ジハールがぼそりと呟く。

「竜？　ああ……前に言っていた竜の子どものことか？　死にそうだったのでポーションを与えてやったが」

当時の記憶を辿《たど》って答えると、サッとジハールが振り向き、机に向かっていたユリシスの腕を摑《つか》んできた。その力がすごくて、ユリシスはつい振り払ってしまった。

「何だ？」

ジハールの反応が激しすぎて、ユリシスは眉《まゆ》を顰《ひそ》めた。西の森にいた竜の子どものことはよく覚えている。人生で竜に会ったのは初めてだったからだ。

「……すまん。やはり、お前だったか。……覚えているとは思わなくて」

ジハールは視線を逸《そ》らし、口元を押さえる。動揺したようなその態度が気になり、ユリシスはジハールの横に並んだ。グラナダ王国には竜が棲息《せいそく》する山があるという。ひょっとしてあの竜を知っているのだろうか。ジハールの正体は魔族らしいし、竜を使役していてもおかしくない。

「お前の竜だったのか？」

竜は人語を解していた。何か聞いたのだろうかとユリシスは首をかしげた。

「……ああ。銀色の髪に赤い瞳《ひとみ》……、お前を命の恩人だと言っていた」

ジハールが再び窓の前に立ち、ユリシスに視線を向ける。その瞳が今までとは違い、どこか温かみのあるものに変化していた。よく分からないが、恩人とまでいうなら自分の領地で馬鹿な真似はしないだろう。

「お前——何か欲しいものはないか？　困りごとは？」

窓を開けながら、ジハールが急《せ》くように聞く。

「特にない」

ユリシスが首を振ると、ジハールが「何かあるだろう？」としつこく聞いてくる。領地に関しては災害も収まったし、天候もよくなったので問題ない。魔物が多くて困っているが、魔族の男に借りを作るのは気が進まない。

「まぁ、しいて言えば隣の領地の奴らが勝手に畑から農作物を盗んでいくのが困っているな。役人を見回らせているが、盗賊団を雇っているらしくて捕まえてもキリがない。隣のダーマン伯爵家は昔からうちと仲が悪くてな」

ふと思い出してユリシスは口にした。姑息《こそく》な嫌がらせをしてくるダーマン伯爵家には手を焼いている。爵位が下なので面と向かっては逆らえないせいか、卑怯《ひきょう》な手を使って小さな嫌がらせをしてくるのだ。昔、ダーマン伯爵家の長女に一目《ひとめ》惚《ぼ》れされてしつこく言い寄られたことがあり、冷たくあしらったのもまずかったらしい。

「そうか」

ジハールは小さく頷《うなず》くなり、ひらりと窓枠に飛び乗った。ハッとした時にはもうジハールは窓から飛び降りていて、止める間もなかった。とっさに窓枠に駆け寄ったユリシスは、ジハールの姿が黒い竜に変わり、大きく羽を広げるのを目にした。

「は……」

巨大な竜となったジハールは羽を羽ばたかせ、上空へ飛んでいく。

──あの時の黒い竜の子は、ジハールだったのか。ユリシスは呆気《あっけ》にとられて空へ舞う黒い竜を見送った。庭では突然現れた黒い竜に騎士たちが騒いでいる。

「閣下、竜が……っ」

ドリトンと騎士たちが焦った様子で執務室へ飛び込んでくる。それに対し「気にしなくていい」と声をかけ、ユリシスは仕事に戻った。

「閣下、大変です」

次の日の夕刻、ドリトンが書簡を持って現れた。食事の最中だったユリシスは、手を止めてドリトンの持ってきた書簡に目を通した。イザベラも何事かと緊張している。書簡には今朝、隣の領地に竜が現れ、ダーマン伯爵家の城を破壊していったと記されてある。読み終えた瞬間、ジハールの顔が浮かび、つい笑いだしてしまった。

「昨日現れた竜の仕業ではないかと……閣下？」

ドリトンからすれば、竜の出現は対処すべき緊急事態だ。それなのにユリシスが笑い出したので戸惑っている。

「この件は問題ない。特別な警戒も必要ない」

ユリシスは書簡を戻し、すました顔で言った。ドリトンは困惑したまま一礼して去っていく。きっと昨日、竜になったジハールはダーマン伯爵家の城を破壊しにいったのだろう。姑息なダーマン家もこれでしばらくは大人しくなる。

(魔王の血族は竜になるという伝承がある)

今度ジハールに会った時に、竜の話でも聞いてみようかと考えた。

溜《た》まっていた仕事をある程度終えると、ユリシスはイザベラを誘って両親の墓参りをした。早くに亡くなった父母のために領地を見晴らす丘に安息所を設けた。イザベラは久しぶりの墓参りで、母の好きだった薔薇《ばら》の花束を作った。冬の時季なので薔薇の花束を作るのは大変だったようで、白い小ぶりの薔薇だった。イザベラと二人で墓前に立つと、これまでの苦労が思い出された。

「父上、母上、イザベラは必ず俺が守ります」

墓の前に跪《ひざまず》き、ユリシスは胸に刻むように告げた。イザベラは持ってきた花束を墓に供え、ユリシスの隣に膝《ひざ》を折った。
「お父様、お母様、ずっと来られなくて申し訳ありませんでした……。私は」
イザベラは声を震わせ、うつむいた。そのまま続けられずに肩を震わせる。
「イザベラ……」
ユリシスはイザベラの肩を抱き寄せた。叔母《おば》のせいでほとんど領地に戻らなくなった
イザベラは、こうして両親の墓前に跪き、込み上げるものがあったのだろう。
イザークという存在がいなければ、今頃どうなっていたか分からない。両親を失い、
ユリシスはわき目も振らずに公爵という地位を確立するため奔走した。領地を守り、貴
族としての仕事さえしていれば妹と自分を守れると思い込んでいた。今思えば、ひとり
よがりな発想だった。イザベラが歪《ゆが》んでいくのに気づかず、大切な妹をひどい目に遭わ
せるところだった。
（たかが平民出の娘に、公爵家の宝が穢《けが》されようとは）
陰謀といっては大げさかもしれないが、マリアという娘について考えると、嫌悪感が
湧く。あの娘もイザークと同じ力を持っているのではないかと言っていた。未来を知る
力があるのなら、平民出の娘でも王子を籠絡《ろうらく》できるかもしれない。
（神は何故あのような娘に聖女という役目を与えるのか……）
ユリシスはイザベラのほっそりした身体を抱きしめ、改めて妹の幸せを邪魔する人間
は何人たりとも許さないと誓った。

「お兄様、ごめんなさい」

イザベラはハンカチで涙を拭《ぬぐ》い、再び墓前に顔を向けた。

「お父様、お母様、ご心配かけて申し訳ありません。私はもう大丈夫です。ずっと暗闇にいるようだったけれど……私にはお兄様がいるのだと思い出しました。何があっても、お兄様さえいれば大丈夫です」

きりりとした表情でイザベラが言う。その瞳にはもう邪悪な影はない。ユリシスは安《あん》堵《ど》して微笑みを浮かべた。

「イザベラのために、出来ることは何でもしようと思っています。父上、母上、どうか我ら兄妹《きょうだい》にお力をお貸し下さい」

イザベラの手を握り、ユリシスは墓前に向かって告げた。答えはなかったけれど、両親の愛情を感じた。

久しぶりに墓参りしたおかげか、イザベラの顔は明るかった。寄り添うようにイザベラと丘を下っていると、下のほうで待たせていた護衛騎士たちが空を見て騒いでいる。ふいに視界を影が遮った。頭上に大きな黒い物体が飛んでいる。黒い羽を広げた竜が旋回して丘に降りてくるところだった。

「きゃあ……っ」

イザベラは突然現れた黒い竜に怯《おび》えてユリシスに抱きつく。

「大丈夫だ」

ユリシスは落ち着いた声音でイザベラの背中を撫《な》でた。黒い竜はジハールだというのが分かっているので、ユリシスは近くに待機していた騎士たちをその場に留めた。黒い竜は討伐してはならないというユリシスの命令を、騎士たちは困惑しつつ守っている。

黒い竜は、辺りの草木をなびかせて地面に舞い降りた。

『乗るか？』

竜の口から聞き慣れない声が響く。ジハールの時とは違い、少ししゃがれた声だ。イザベラはびっくりして固まっている。目の前に立つと竜の大きさは比類なきもので、圧倒される。金色に輝く瞳がユリシスを見下ろしている。

「いいのか？　イザベラも？」

ユリシスが問うと『ああ』と鷹揚《おうよう》な声が返ってきた。イザベラはユリシスと竜がしゃべっているので呆然《ぼうぜん》としている。ユリシスが手を伸ばして「竜に乗るぞ」と言うと、青ざめて首をぶるぶる振る。

「わ、私は無理……っ、無理ですわ……っ」

竜に乗るなどとんでもないという様子で拒否され、ユリシスは首をかしげた。

「だが、小さい頃、お前は空を飛びたがっていただろう？」

何気なくユリシスが指摘すると、イザベラの目が丸くなる。今は淑女のイザベラだが、まだ両親が健在だった幼い頃はやんちゃな女の子だった。ユリシスと共に森を駆けまわりながら、飛んでいる鳥を見て「私も空を飛べたらなぁ」と残念そうにいうのがお決まりだったのだ。そんな昔の話をすっかり忘れていたのか、イザベラは何とも言えない表情でユリシスの服を摑《つか》んだ。

「そう……ですわね、そういえば……私は……」

イザベラ自身にも記憶が蘇《よみがえ》ったのか、意を決したように目を見開く。

「の、乗ってみます！」

思い切ったようにイザベラが言い、ユリシスは微笑んでその身体を横抱きに抱きかかえた。

ユリシスは軽く下げた竜の首にイザベラを抱えたまま飛び乗り、マントを翻して竜の背に乗った。イザベラを前に座らせ、抱きしめるような形で跨《また》がる。ユリシスとイザベラが竜に騎乗したものだから、騎士たちは大慌てだ。

『飛ぶぞ』

竜が言い、ふわりと身体が浮く。

「きゃあああああ！」

イザベラが思わずといったように声を張り上げる。浮遊感と共にユリシスとイザベラはあっという間に上空へと誘《いざな》われた。馬と違い手綱がないので、振り落とされそうだ。イザベラはきゃあきゃあ言いながら竜の首にしがみついている。ユリシスは硬い皮膚の感触を感じつつ風を受けた。

「すごいわ！　見て、お兄様！　こんな高いところまで！」

「おお……」

竜の背に乗り高い空まで来ると、自分の領地や城が上から見下ろせた。川の流れや森のざわめき、領地の境にいる農夫や子どもたちの姿も見える。イザベラは先ほどまで怯えていたのに、今や興奮しまくって甲高い声を発している。

「これはすごいな！　上から見るとよく分かる、戦の時にこの力があれば……」

ユリシスは空からの眺めに圧倒され、思わず吐露した。竜のスピードはすごくて、気づいたら領地の端にある西の山のほうまで来ていた。竜は大きく曲がると、再び城の方角へ向かう。

「すごい、すごい、すごいわっ！」

イザベラは興奮しすぎて涙ぐんでいる。黒い竜は西の森まで戻ると大きく旋回してゆっくりと下降していった。西の森には湖があって、黒い竜は湖の近くへ羽を広げて降り立つ。

ユリシスとイザベラが黒い竜の背から降りると、目の前で黒い竜の姿がみるみるうちに縮んで人の姿に変わっていった。

「ジハール様!?　きゃああ！」

イザベラは黒い竜がジハールに変わって驚愕《きょうがく》のあまり腰を抜かしている。それもそのはず、ジハールは服を着ていなかったのだ。変化すると衣服が破れるのだろう。

「妹に下品なものを見せるな」

　ユリシスがしかめっ面で上着を脱いで貸すと、ジハールが面倒そうにそれを着る。イザベラは両手で真っ赤な顔を覆っている。

「俺の正体は内緒だぞ」

　ジハールはユリシスには口止めしなかったのに、イザベラには怖い顔つきで念を押している。イザベラは真っ赤な顔で、こくこくと頷《うなず》いた。

「私、少し興奮しすぎてしまいました」

　イザベラは初めての飛行にくらくらしたらしく、草むらの辺りで腰を下ろしてしまった。ユリシスはジハールをイザベラから離した。淑女にとって全裸の男は目に毒だろう。何かあったらすぐに駆け付けることのできる場所に立ち、改めてジハールを眺めた。

「王都からここまで、どのくらいの時間で飛べる？」

　フェムト王子の護衛騎士をしているジハールが頻繁に領地を訪れる理由は、飛行時間にあるのではないかと思い、ユリシスは尋ねた。

「半日もあれば来られる」

　何でもないことのようにジハールが答えた。ジハールにとって距離は関係ないようだ。羨《うらや》ましい能力だと思い、ユリシスは苦笑した。

「昔助けた礼なら、もういいぞ。ダーマン伯爵家の城も壊してくれたし」

　ジハールが何故今日現れたのか分からないが、もしかしたら過去の礼をしたいのかもと思った。口数は少ないが、ジハールは悪い人間には見えない。

「いや……あの時俺は死ぬところだった。お前の願いなら、何でも聞き入れよう」

ジハールは青く光る瞳《ひとみ》でユリシスを見つめてくる。

「……竜になれる存在は限られている。お前は魔族なのか？」

ジハールの気分を害するかもしれないと思ったが、竜となってここまで運んできてくれたジハールに警戒が弛《ゆる》み、つい質問していた。魔族に関してはくわしくないが、魔族の中でも魔王の血を引く者は、竜に変化できると聞いたことがある。

「──あの時、俺はまだ幼かった」

ぽつりとジハールが言う。

「母がこの国の王のせいで亡くなり、復讐《ふくしゅう》に燃えて飛び出した。だが幼い俺の力はたかが知れていて、逆にひどい怪我を負い、お前の領地で力尽きて倒れていたのだ」

ジハールの告白に、ユリシスは黙り込んだ。イザークからジハールは人と魔族の混血と聞いている。ジハールの母なら、きっと美しい女性だろう。女好きのランドルフ国王がジハールの母親にひどい真似をしたのは容易に想像がつく。

「俺は魔族の血を引いている。──俺を拘束するか？」

ジハールが挑むように聞いてきた。魔族は国に入れない決まりになっている。そもそも聖女の結界で魔族は入り込めないのだ。

「今さら。……お前はフェムト王子の護衛騎士だ。それ以上でもそれ以下でもない」

ジハールに関して国に報告する気はさらさらなかった。そこまでの忠誠心は持ち合わせていなかった。こうして面と向かって話せば、魔族も人もあまり変わりはないと思えた。

「だが、大胆だな。陛下の前であれだけ堂々とできるとは」

国王に紹介された時を思い返し、ユリシスはニヤリとした。フェムト王子の加担があったとはいえ、氷細工師に変装したり、護衛騎士になったりと、国王の前で平然とできた度胸は買う。

「ふ……。人はお前のことを氷のごとき情のない男というが、事実は違うな」

ジハールが口元を弛め、風になびく髪を掻《か》き上げた。

しばらくの間、ユリシスはジハールと湖の水面《みなも》を眺めていた。日に照らされて穏やかな湖面がきらきらと輝いている。寒い日が続いたせいか、湖の水は薄く凍っていた。温かい日差しに少しずつ氷が融《と》けている。ジハールも自分も口数が多い人間ではないが、黙っていても通じ合える空気を感じていた。

「ところで、この湖でたまに水浴びをしたいのだが、いいか？」

ジハールが思い出したように言う。水浴びというのは、竜の姿で、という意味だろう。竜は討伐対象となりやすく、水浴びをするのも場所が限られている。

「騎士たちに言っておこう。うちの領地なら問題ない」

竜の水浴びを一度見てみたいと言うと、ジハールは竜の姿に変化して、湖に飛び込んだ。氷が割れ、水しぶきが上がる。大きな黒い羽を持つ蜥蜴《とかげ》のような生き物が水浴びをするさまは見ていて面白かった。湖面が跳ね上がり、水しぶきが辺りに飛び散る。ユリシスにとっては肌寒い日だが、竜にとっては違うようだ。厚く硬い鱗《うろこ》で覆われているので、体感温度が違うのだろう。

「お兄様、ジハール様、少し日が暮れてきましたわ」

水浴びを終えた竜を眺めながら、イザベラが楚々《そそ》と近づいてきた。

黒い竜は再びユリシスとイザベラを乗せて城へ戻ってくれた。急に竜に乗ってどこかへ消えたユリシスたちに、騎士たちはどうしていいか分からない状態だったらしい。ユリシスとイザベラを下ろして王都のほうへ黒い竜が消え去ると、わっと押し寄せてきた。

「閣下！　大丈夫なのですか！　あの竜は！」

騎士たちが口々にユリシスとイザベラの身を案じる。イザベラは紅潮した頬で「初めて空を飛びましたわ」とはしゃいでいる。

「あの竜は味方だから問題ない。だが、黒い竜に関しては一切の口外はならぬぞ」

ユリシスは厳しい声でその場にいた者たちに告げた。黒い竜と関りがあると知られたら、ダーマン伯爵家に何をされるか分かったものではない。

「あああ、公爵様！　あ、あれはジハール様……っ、ですよね!?」

騒がしい騎士たちを振り切って城に入ると、イザーークが興奮した様子で駆け寄ってきた。予言者であるイザークは、さすがにジハールの正体を知っていたらしい。

「こんなシーン知らない……、ジハール様がユリシス様に竜の姿で会いにくるなんてっ、うわー、私の知らない世界がどんどん構築されていく……っ」

イザークはぶつぶつ呟《つぶや》きながら、頭を抱えて去っていった。相変わらず変な男だ。よく分からないことを呟いていたが、大丈夫だろうか？

ジハールとの飛行時間は有意義なものだった。上から見る領地は何が問題か分かりやすく、今後の統治に重要な情報を与えてくれた。幼い頃の礼と言っていたが、あまりある返礼品だ。

「誰か、地図を持て」

執務室に向かう途中、ユリシスは廊下を歩いていたドリトンに声をかけた。忘れないうちに情報を書き込んでおきたかった。

三日後、ユリシスは騎士団を率いて、境界線へ向かった。

増えすぎた魔物を討伐するためだ。境界線の向こうは魔族が棲《す》むと言われる森が広がっている。起伏のある森の中に入り、魔物の巣や、痕跡《こんせき》を見つけて討伐を行った。やはり、魔法を教えたり執務で机に向かったりするより、こうして剣を振り、魔法で敵を仕留めるほうが性に合っている。

「閣下、今夜は肉祭りですね。魔石も大量に得られました」

一緒に魔物狩りに勤《いそ》しんだクロードが仕留めた魔物を集めて言う。ボークという猪に似た魔物は、食肉として有名だ。騎士が五人がかりで仕留める強い魔物だが、ユリシスは氷魔法で向かってきたボークを全部凍らせるという荒業で仕留める。凍ったまま運び、丸ごと火であぶるので、ボークからすれば目覚めたら火刑という哀れな最期だ。

持ちきれないボーク肉は境界線近くの村に、土産として置いていった。村人は領主であるユリシスに感謝して、魔物の骨で作ったという薬を手渡してきた。骨を砕いて粉にして、薬草と練り上げたものだ。効能を調べ、出来が良ければ新たな事業として起こそうと村人と約束した。

大量のボークを城へ持ち帰ると、心配してイザベラが出迎えに出てきた。

「お兄様、お怪我はありませんか？　まぁ、すごい量」

イザベラは騎乗した騎士たちの獲物を見回し、目を輝かせる。それぞれの馬に載せて運んできたボークを、使用人たちが城へ運び入れる。城の前庭には戻ってきた騎士と、それを出迎える屋敷の使用人が集まる。イザークやドリトンも出てきて、ユリシスの無事を確認した。

「俺は問題ない。騎士の数人が少し怪我をしただけだ」

ユリシスは馬から降り、イザベラを軽く抱きしめて言った。イザベラはおずおずと

「お兄様、怪我なら私が」と言い出した。

「ふむ……。では、お前に頼もう。おい、怪我をした者は集まれ」

ユリシスが号令をかけると、負傷した騎士たちが何事かと寄ってくる。腕を切った者や足をくじいた者、ボークに突進されて脳震盪《のうしんとう》を起こした者とさまざまだ。総勢七名ほどが、大なり小なり怪我をした。

「お祈りします」

イザベラは怪我をした騎士たちの前に進み出て、手を組んで目を閉じた。水の精霊が集まってくる気配を感じ、ユリシスは目を瞠《みは》った。以前は自分の中にある魔力しか使えなかったイザベラが、いつの間にか水の精霊を呼び寄せて魔力を使う方法に変えていたからだ。これはユリシスと同じやり方で、イザベラの少ない魔力をカバーするものだ。アカデミーで習ったのだろう。清浄な空気がイザベラの身体から怪我を負った騎士たちへ流れていく。

「おお……」

みるみるうちに騎士たちの怪我が治り、イザベラがほうっと息をこぼした。

「すごいです！　公女様！」

いっぺんに七名の騎士の怪我を治したイザベラに、騎士たちが歓声を上げる。

「ぜんぜん痛くない、公女様、ありがとうございます！」

「まるで聖女みたいだ」

騎士たちは口々に礼を言い、イザベラを囲んだ。イザベラは騎士たちに褒められるのが初めてだったのもあって、頬を赤くして照れ笑いをしていた。

「ふむ……。イザベラ、お前、結界は張れないのか？」

ふと思いついて、ユリシスは首を傾けた。いつの間にか魔法の力を上達させた妹に、光を見出《みいだ》したのだ。

「ええ？　私にはそんな真似……やり方も分かりませんし」

イザベラは戸惑ったように首を振る。現在の聖女は水魔法の使い手だ。結界を張れるのは治癒魔法を使える水魔法か、光魔法の持ち主だけだ。結界を張る魔法は上級魔法だが今のイザベラならできるのではないかと思った。

「イザーク、お前は結界の張り方を知っているか？」

念のためにとユリシスがイザークに聞くと、顎《あご》に手を当てて、うーんという唸《うな》り声がする。

「その辺はふわっとしたイメージなんですよね。祈りのポーズで、バリアを張るみたいなイメージのスチルでしたけど」

「バリアとは何だ？　スチルとは？」

時々聞きなれぬ言葉を使うイザークだが、また変な言葉を使い始めた。ユリシスが顎をしゃくると、イザークは頭を掻《か》く。

「あ、これは失礼。何となくこう膜みたいなものを守りたい場所に張る感じです。卵の殻みたいな感じといえば分かりますか？」

イザークの説明に、イザベラは理解できたと頷《うなず》く。

「試しにやってみろ。我が領地だけでいい。俺もお前に魔力を注ぐから」

ユリシスが促すと、イザベラは緊張気味な面持ちで、手を組んだ。

「領地を守る……イメージ……お兄様を……守る」

イザベラはぶつぶつ呟きながら、目を閉じた。ふわっとイザベラの髪が浮き上がり、弱々しいが光がその身体からあふれ出る。ユリシスはイザベラの肩に手を置き、魔力を注いだ。するとその光がすごい速さで四方に飛んでいった。

「これは……っ」

イザークが驚き、騎士たちが息を呑《の》む。使用人も手を止めてイザベラに注目し、目を瞠る。光は放射状となって領地まで行き渡った。ユリシスがなおも魔力を注ぐと、領地を光の膜が覆ったのが分かった。

「……はぁっ、はぁっ」

急にがくりとイザベラが膝《ひざ》をつき、荒々しく息を吐き出す。魔力を使い切って、身体に力が入らなくなったのだろう。イザベラは見たことのない興奮した顔つきをしていた。

ユリシスも思わずイザベラを抱きしめた。

「やったな！　イザベラ、できるではないか！」

ユリシスにはイザベラの結界が領地を覆ったのが感じられた。イザベラにもそれが分かったのだろう。くたっとその場に尻《しり》もちをついたが、目を潤ませている。

「で、できました……お兄様……私にこんな魔法ができるなんて」

イザベラは魔力を使い果たして、起き上がれないようだ。すると、騎士たちが拳《こぶし》を振り上げて喝采《かっさい》した。騎士たちにもイザベラがすごい魔法を使ったのが分かったのだろう。

「すごい、すごい！　公女様！」

「聖女、万歳！」

騎士たちは領地が守られたのが分かって、大声を上げて喜んでいる。ユリシスはイザベラを横抱きに抱き上げ、手を叩《たた》いて喜ぶ騎士たちに見せつけた。

「イザベラを称《たた》えよ！」

ユリシスが大声を上げると、騎士たちがイザベラの名を繰り返してはしゃぎまくる。イザベラは真っ赤な顔を手で覆い、「も、もうおよしになって」と恥ずかしがっている。

「こ、こんな展開が……、信じられない」

ただ一人、呆然《ぼうぜん》としていたのはイザークだけだ。イザークにはイザベラが結界を張れたことが信じられないようだった。

今夜はイザベラのために肉祭りをしよう。ユリシスはイザベラを抱きかかえたまま、意気揚々と歩き出した。

6 聖女候補

イザベラの結界は領地に劇的な効果を及ぼした。あれほど被害を与えていた魔物が激減したのだ。おかげで境界線にいる村人たちも安心して暮らせるようになり、領地には平和が訪れた。

領地に結界が張られてから、イザークはずっとどんよりしている。あれから魔物が寄りつかなくなったと嬉《うれ》しい報告を受けても、浮かない顔つきだ。執務室に呼び寄せると、やけに思い詰めた空気で入ってくる。

「公爵様、もう私の未来視は意味がありません」

イザークは申し訳なさそうに頭を下げてくる。何事かとユリシスが眉《まゆ》を顰《ひそ》めると、イザベラの結界魔法が驚愕《きょうがく》だったという。

「そもそも私の知っている未来では、公女様は結界を張るような魔法を使えないのが前提だったのです。それゆえに主人こ……マリアに嫌がらせや虐《いじ》めをしていたのですよね。それが覆された今、この先がどうなるかさっぱり分からなくなりました。マリアもありえないほど嫌な子だし、何もかもが話と違います」

イザークは勝手に気負っていたらしく、土下座でもしそうな勢いで謝ってくる。

「そうか」

ユリシスは大して気に留めることもなく、今日の仕事の書類をイザークに手渡した。

「あ、あの……がっかりなさらないんで？」

イザークはユリシスの態度がふつうすぎて、逆に勘繰っている。

「お前からイザベラの状況を教えてもらい、これまでさまざまな手を打ってきた。おかげでイザベラはどこに出しても問題ないほどの令嬢になった。お前の功績だ。未来視など、もともと期待していない。どんな状況でもイザベラを守る」

ユリシスは不敵な笑みを浮かべた。イザークが虚を衝《つ》かれたように、書類をぎゅっと握りしめる。

「領地には結界を張れたし、あとはあのマリアという娘に気をつければいいだけだろう？」

ユリシスにとって大事なのはイザベラだけだ。最初にイザークの未来視で自分が反逆する話を聞かされた時はまさかと思っていたが、実際イザベラが虐げられた場面を見たら頭に血が上った。イザークの言っていた未来がきていたら、確かに自分は王家に牙《きば》を剝《む》いただろう。

気になる点はあったが、イザベラがアカデミーで多くのことを学んでいるのは、ユリシスにとって希望が持てることだった。

領地にひと月ほど滞在すると、ユリシスはイザークやイザベラ、レイラやキャロルと共に王都へ戻った。フェムト王子の魔法の授業があるので、これ以上は領地にいられなかった。

「あのぅ、予言めいたものはもう無理と言いましたが、春先に行われる王妃様の園遊会についてだけ、申し上げておきます」

明日には王都につくという馬車の中、イザークが重い口を開いた。イザベラはイザークの予言を、一言も聞き漏らすまいと身を乗り出す。

「おそらくそこで聖女候補が発表されると思うのですが、公爵様とアンジェリカ様はどうかマリアと関わらないようにして下さい」

イザークはユリシスに向かって頭を下げる。隣の席に座っていたイザベラは、マリアと聞いて目を細めた。

「彼女がアンジェリカお姉さまに何かすると言うのですか？」

すっかりアンジェリカに傾倒しているイザベラは不安そうだ。

「そのマリアという女子生徒が聖女候補になるのです。公女様と一緒に。そこでまぁ……、アンジェリカ様とひと悶着《もんちゃく》あるはずです」

イザークに説明され、イザベラは戸惑っている。

「トーマス王子を助けたことで聖女候補になるとは言われてましたけど……」

イザベラは曇った顔をユリシスに向ける。春先に行われる王妃主催の園遊会については、まだ何も決まっていないはずだ。招待状も来ていないし、聖女候補に関しても議題に出ていない。

（どうにかして辞退させなければ）

治癒力を持つ女性は聖女候補に選ばれやすいと言われているが、あまり嬉しい話ではない。

「園遊会……」

先々が少しばかり憂鬱《ゆううつ》になり、頭が痛かった。


王都にあるタウンハウスに戻った次の日、イザベラはレイラやキャロルと共にアカデミーへ戻っていった。ユリシスは不在の間の報告を聞き、残していた仕事に手をつけた。

その日、ユリシスは護衛騎士と共にアカデミーに赴いた。毎回フェムト王子の授業についてきたイザークだが、今日は手を離せない仕事があってこられなかった。イザークはジハールに対する並々ならぬ思いがあるらしく、最後までどうにか都合がつかないかがんばっていた。慣れたとはいえ、ジハールとしゃべっているとイザークが背後で興奮しているのが気味悪かったので、不在だと気が楽になる。

「ジハール」

第三訓練場でフェムト王子を護衛するジハールに会った際、ユリシスは領地での一件を思い返し、つい声をかけた。

「黒い竜に関する話は通しておいたぞ。湖は好きに使え」

ジハールの耳元で囁《ささや》くと、にやりとした笑みが戻ってきた。フェムト王子が意外そうにこちらを見ている。

「いつのまに仲良くなられたので？」

フェムト王子からするとジハールとユリシスの間の空気が変化したのが気になるらしい。領地に来た話はフェムト王子にするべきではないと思い、ユリシスは曖昧《あいまい》に答えておいた。フェムト王子は冬期休暇の間、国へ戻らなかったらしく、魔法の練習を欠かさなかったようで、ずいぶん魔力が増えていた。

「そういえばイザベラ嬢は大丈夫かな？　変な女につきまとわれているようだが」

フェムト王子に魔法を指導した後、何げない様子でイザベラについて聞かれた。冬期休暇前に前庭で起きた出来事についてフェムト王子も報告を受けていたようだ。

「あのマリアという娘、私のところにもよく来ていた。ずいぶん馴《な》れ馴れしいというか……何か企《たくら》みを持っている者、特有の匂いがする」

フェムト王子はマリアに嫌悪を感じているようで、辛辣《しんらつ》な口ぶりだ。

「彼女はジハールにもしつこくて……」

フェムト王子は訓練場の壁によりかかって立っているジハールをちらりと見て言う。マリアもジハールの正体が魔族だと知っているのだろうか。イザークと同じだけの力があるなら、知っていて近づいているのだろう。

「あの娘からは何も受け取らないことをお勧めします」

ユリシスはそう言うに止《とど》めておいた。

「変なクッキーのことか？」

ジハールが思い出したように顔を歪《ゆが》める。どうやらすでにクッキーを渡していたらしい。ユリシスは眉根《まゆね》を寄せ、マリアが男性に渡しているクッキーには魅了効果があるという話をした。フェムト王子は顔を強張《こわば》らせて、身震いする。

「怪しい術がかかっているようだったので、捨《す》てておいた」

あっさりとジハールが言い、ユリシスも安堵《あんど》した。マリアは第一王子だけでなく、フェムト王子やジハールにまでクッキーを渡していた。恐れを知らぬ娘だ。

（ジハールは、王家を狙うのをやめたのだろうか？）

ふと気になって、ユリシスはジハールを窺《うかが》った。ジハールに忠告してから、王族を狙う事件は起きていない。忠告が効いたのならいいが、ジハールは簡単に意志を曲げる男には見えなかった。ジハールと個人的に話すようになり、黒い竜となることも明かされ、自分は少し気を許しているのかもしれない。ジハールは話しやすく、魔族と言われても嫌悪はない。友人としてなら、ジハールは好感の持てる男だった。だが、まだ王家を狙っているなら、いずれ自分たちは敵対することになる。できれば黒い竜である魔族の王子や、グラナダ王国の王子と剣を突き合わせる真似はしたくなかった。

フェムト王子の魔法の授業は、順調に進んでいた。初級の氷魔法はほとんど完璧《かんぺき》にこなしている。フェムト王子にとって、氷魔法を自在に使えたら、自国では有利になるだろう。熱砂の国で、水や氷ほど貴重なものはない。

授業の時間が終わり、ユリシスはフェムト王子と一緒に校舎内を歩いた。後ろからジハールもついてくる。フェムト王子はこの後、課外授業があると楽しそうだ。こうしてみると留学した学生にしか見えない。裏で魔王の息子と繋《つな》がり、王位を狙っているなんて誰も思わないだろう。

「ユリシス様！」

廊下を歩いていた時、急に甲高い声で呼ばれ、ユリシスはハッとした。振り返ると、学生服のマリアが息を切らして駆け寄ってくる。

「お前に名前を呼ぶ許可を与えたことはないが？」

ユリシスがぎろりと睨《にら》みつけると、マリアが青くなって立ち止まる。マリアは大きく頭を下げた。

「も、申し訳ありません！　公爵閣下、あの……冬休み前のことを、お詫《わ》びしたくて！」

マリアは必死の形相でまくしたてる。隣にフェムト王子がいるというのに、礼儀もなっていない。ユリシスは苛立《いらだ》ちを覚えた。

「イザベラ様にひどい真似をしてしまいました！　どうか、お許し下さい！　あの……お詫びのクッキーを作ってきたんです。どうか受け取って下さい！」

マリアは青ざめつつ、手に持っていたクッキーが詰められた袋を差し出してくる。

「お前の作ったクッキーが詫びになるとは、どこまでも愚かな考えだな。そもそもお前が詫びるべきは俺ではない。イザベラにこそ許しを請うべきだろう」

ユリシスが腕を組んで睨みつけると、マリアが「ひっ」と背筋を震わせる。

「で、でもこのクッキーをもらってくれなきゃ……、クッキーを食べればきっと、ユリシス様は私に優しく」

マリアはぶつぶつ呟《つぶや》いている。

「毒入りのクッキーを差し出すとは、お前は牢《ろう》に入れられたいようだな」

とても反省しているとは思えない態度に、ユリシスは剣に手をかけた。するとマリアは飛び上がって「す、すみませんーっ」と脱兎《だっと》のごとく去っていった。

「あの娘、頭がおかしいのだろうか」

ジハールは去っていったマリアの後ろ姿を見やり、呆《あき》れている。ユリシスも同じ考えだ。あれだけのことをして、ふつうならばまずは詫び状を送ってから、相手の意向を聞き、改めて詫びにくるところを、いきなり変なものを差し出して許してもらおうとしている。舐《な》められたものだと、ユリシスは嫌悪感が募った。

「公爵令嬢のことは、私も気にかけておこう。あの娘が近寄らないようにしておくよ」

フェムト王子はイザベラに同情気味で、そんな発言までしてくれた。

フェムト王子とジハールとは廊下で別れ、ユリシスは与えられた部屋に戻った。イザークがいないせいで、マリアと会う羽目になった。やはりアカデミーに来る時はイザークを伴ったほうがよさそうだ。

個室で一服し、授業を終えたレイラとキャロルから報告を受けた。マリアは新学期が始まり、今のところ大人しくしているそうだ。アレクシスはマリアと距離をとったが、側近のショーンとマイクは未《いま》だマリアに侍《はべ》っているという。早く鑑定結果が出て、クッキーに異物が混入しているという報告があればいいと願った。そうすればマリアを処罰できる。当然、アカデミーは退学だろう。イザークは聖女候補がいなくなると案じるが、あんな危険人物が聖女になるほうが間違いだとユリシスは思った。

ユリシスはアカデミーを後にした。週に一度アカデミーに来るのが、面倒この上なかった。


春の訪れと共に、王妃から園遊会の招待状が届いた。時を同じくして、王家から使いが来て、イザベラに聖女候補のお達しがきた。園遊会で聖女候補をお披露目するので、必ず出席するよう命じられる。

聖女候補は全部で五名いて、そのうち成人していないのはイザベラとマリアだけだった。残りの三名は修道女や貴族の令嬢で、全員治癒魔法が使えることが前提とされている。五名の聖女候補は現聖女から指導を受け、結界魔法を学んでいく。現聖女は王国内に結界を張れるほどの魔力の持ち主だったので、次代の聖女も同じ力を求められる。

（あの女とイザベラが並べられるのは不愉快極まりないが）

園遊会に着ていくドレスをデザイナーと相談しているイザベラを眺めながら、ユリシスは眉根を寄せた。週末の二日だけ、イザベラは王都にあるタウンハウスへ戻ってきた。園遊会のドレスについて打ち合わせるためだ。応接間には公爵家お抱えのデザイナーが、ユリシスとイザベラのための礼服のスケッチを広げている。イザベラをエスコートするので、ユリシスの礼服はイザベラのドレスと同じ色で合わせる。園遊会に合わせたネックレスが王家から届いたので、イザベラはそれに合うドレスを希望しているようだ。

マリアの渡してきたクッキーに毒物は入っていなかった。

王家でも公爵家でも調べたので、間違いはないだろう。ただし、一種類だけ未知の植物が入っていて、それについてくわしく調べると専門家は言っている。毒物が入っていれば、すぐにでもマリアを拘束できたのに残念でならない。

アレクシスはクッキーを食べなくなったせいか、あるいはユリシスに見限られると思ったのか、マリアとの接触を避けているようだ。イザベラに贈り物は欠かさないし、週に一度のお茶会もまたするようになったという。ユリシスはまだ許していないが、イザベラはアレクシスを好いているので、自分のところに戻ってきて喜んでいる。

「お兄様、決まりましたわ」

イザベラはデザイナーが描いたいくつかのスケッチの中から、二枚の紙をユリシスに見せてきた。イザベラは裾《すそ》にいくにしたがって深い青になるグラデーションの美しいドレスで、ユリシスは髪の色に近い青みがかった銀色の礼服だ。アレクシスから贈られたネックレスが青い宝石なので、それに合わせたのだろう。

「ああ。きっとお前に似合うだろう」

ユリシスはイザベラに微笑みかけ、デザイナーにねぎらいの言葉をかけた。デザイナーが帰ると、イザベラは長椅子に腰を下ろし、メイドが運んできたお茶に口をつけた。

「それにしても、王家から私のエスコートをお兄様にするよう言われるなんて……アンジェリカお姉さまに申し訳ありませんわ。アンジェリカお姉さまはどなたにエスコートしてもらうのでしょう？」

ほうっと吐息をこぼしてイザベラが悩ましげに言う。本来ならイザベラのエスコートは婚約者であるアレクシスなのだが、今回は聖女候補の一人ということで、イザベラのエスコートはユリシスがすることになった。王家が一人の人間をひいきにしていると思われてはならないためだ。

「アンジェリカのエスコートはアンジェリカの兄に頼んである。事情を知っているので、快く了承してもらえた」

ユリシスの答えにイザベラは胸を撫《な》で下ろしている。

「ところで……聖女候補を外れて、本当に構わないんだな？」

改めてユリシスは尋ねた。

王家からの使いが来た後、ユリシスはイザベラに聖女になりたいか改めて尋ねた。結界は張れるが、王国内に張るほどの魔力量はイザベラにはない。聖女候補に選ばれると、週に一度の現聖女の指導と月に一度の聖女試験が行われる。試験は一年を通して行われ、総合的に力のある者が聖女と認定されるようだ。聖女になると爵位を得られるし、王家と同じ力を持つと言われているが、イザベラにとっては旨《うま》みのある内容ではない。イザベラ自身も己の魔力量は知っているので、参加する意味がないのを自覚している。

「はい。アカデミーでの勉強に集中したいのです。私の力の限界は私が知っていますわ」

イザベラが淡々と答えたので、ユリシスも大きく頷《うなず》いた。確かにアカデミーでの学業もあるのに、週に一度、聖女の授業もあるのでは大変すぎる。己の力量も知らず挑むのは無謀なことだ。魔力量を増やす努力は可能だが、もともと少なかったイザベラが現聖女に並ぶには十年以上かかるだろう。

「では披露目の段階で辞退しよう」

ユリシスはひそかな決意をしていた。

イザークの未来視により、園遊会に魔物が現れると聞いた。魔物を放つのはジハールで、王家に対する復讐《ふくしゅう》の一環らしい。魔物は凶暴化しており、それを騎士が苦戦して仕留め、マリアが傷ついた人々を救うという流れのようだ。マリアの大きな力に感銘した他の聖女候補はマリアこそ次代の聖女と、次々辞退するらしい。それが気に食わないイザベラは、私は認めないと駄々をこね、二人の聖女候補が一年をかけて争うという馬鹿げた話だった。

それが本来起きる出来事だとしたら、イザベラにはすぐに辞退させ、屋敷へ戻ろうと考えていた。魔物が来るような危険な場所にイザベラを置いておきたくない。聖女候補を辞退させ、アンジェリカを見つけてさっさと園遊会を去るというのがユリシスの筋書きだ。魔物の討伐は近衛《このえ》騎士に任せればいいだろう。あの女が聖女になるのは気に食わないが、イザベラが関わらないならどうでもいい。

（ジハールはまだ王家を狙うのをやめないのか）

イザークの未来視を聞いてがっかりしたのは、ジハールが首謀者と言われたせいだ。ジハールと個人的に縁を持ったせいか、悪い方向へと向かっていくのがやりきれない。ジハールを止めようと思ったが、最近フェムト王子とは行動を共にしていないのか、すっかり姿を見なくなった。

（事を起こすためか？　もしジハールが首謀者と知られたら、フェムト王子に害が及ぶから？）

フェムト王子の顔色もあまりよくないので、裏では何か画策されている可能性は高い。

（ジハールを止めたいが……、復讐心を止めることは俺にはできない）

やりきれない思いや、恨み、つらみは、綺麗《きれい》な言葉では消せないことはユリシスも分かっている。両親を失った時の深い喪失感や、周囲の自分を見る目の変化、甘い汁を吸おうと寄ってくる下卑た大人たちのことは、今でもまざまざと思い出せる。ジハールが母親の仇《あだ》をとろうとしているなら、自分にはそれを止める言葉はない。

憂鬱《ゆううつ》な問題にユリシスは頭を悩ませていた。

イザベラがアカデミーの二年生になった一週間後、王城の奥庭で園遊会が開かれた。

ユリシスは礼服を着こなし、イザベラとイザークと共に馬車で城へ向かっていた。イザークを連れてきたのは、不測の事態に備えるためだ。

「公女様、本当にいいんですか？　聖女候補を辞退してしまって」

行きの馬車に揺られながら、イザークは気がかりなのか尋ねている。

「確かに魔力は少ないですが、結界を張れる者はごくわずかですよ？　それに……マリアが聖女になったら、アレクシス王子との婚姻を迫るかもしれません」

イザークが心配しているのは、マリアの人格のようだ。イザークの知っているマリア像と、実際のマリアがあまりにかけ離れているので、何をしでかすか不安だという。代々聖女は王家の者と婚姻することが多いと言われている。現聖女も前国王陛下の弟と結婚していた。落馬で亡くなったが、王弟は実直な人物だった。

「マリアさんが本当に聖女になったら、喜ばしいことではないですか。アレクシス様との婚姻に関しては……もしアレクシス様がマリアさんのほうがいいというなら仕方ないことだと思います。私は愛妾《あいしょう》を持つことは許しますし。無論、私が愛妾になるのはお断りしますが」

イザベラの意見はイザークにとって衝撃だったらしい。

「公女様……強くなられて」

イザークは感涙して、イザベラの手を握る。ユリシスはその手を払いのけ、イザークに凄《すご》みをきかせた。

「気楽に触るな」

イザークといえど、妹の手を勝手に握ることは許されない。ユリシスの凄みに、イザークが首をすくめた。

「も、申し訳ありません。つい……あっ！」

窓へ顔を向けたイザークが、急に大声を上げる。ユリシスが何だと顔を顰《しか》めると、イザークが窓から顔を出し「止めて！　馬車を止めてくれ！」と叫ぶ。イザークの声に御者が驚き、馬の手綱を引いた。馬車は王都の広場近くで停まる。

「何事だ」

ユリシスがイザークを振り返ると、馬車の扉を開けて、通りの道を指さす。

「今！　ジハール様の姿が見えたのです！　きっと、魔物を呼び出す召喚術を行うはずです！　今ならまだ間に合います、園遊会に放たれる魔物を止めましょう！」

興奮気味にイザークがまくし立て、ユリシスを馬車から降ろそうとする。

「……何故、俺が。別に放っておけばいいだろう」

イザークの血気盛んな様とは裏腹に、ユリシスは馬車から降りなかった。止めるべきという思いより、復讐を遂げたほうがジハールの心がすっきりするのではないかと思った。捕まっても黒い竜に変化すれば、簡単に逃げられるだろう。

「ええ!?　だって、今止めれば……誰も怪我を負わずに……っ」

イザークは動かないユリシスに動揺している。

「そんなものは近衛騎士がやることだ」

にべもなく退けるユリシスに、イザークが青ざめる。イザーク自身は攻撃魔法を使えないし、腕っぷしも強くない。せいぜい警備隊を呼ぶくらいだろう。本人もそれを自覚していて、「そ、そんな」とうろたえている。

「魔物ってどういうことですの？　お兄様」

イザベラが、イザークの焦る姿に割って入る。ユリシスは舌打ちした。イザベラには何も知らせず事を終わらせるつもりだったのだ。

「ジハール様が魔物を呼び出そうとしているんです！　公女様、公爵様にそれを止めるようお願いして下さい！」

ユリシス本人を説得するのは無理と判断したのか、イザークがイザベラにすがりつく。イザベラはくわしい事情は分からないものの、予言者であるイザークの言葉に、サッと顔を引き締めた。

「お兄様！　どうか、お力をお貸し下さい！　お兄様とジハール様はお友達なのでしょう？」

イザベラにうるうるした瞳《ひとみ》で迫られ、ユリシスは顔を歪《ゆが》めた。

「えっ、公爵様とジハール様が友達に？　その辺、くわしく教えて下さい！」

イザークは別の興味が湧いたのか、興奮した様子でイザベラに迫っている。黒い竜を昔助けた話はイザークにはしていないので、ユリシスは目でイザベラに口止めをした。

「どうか、お願いします！」

イザークとイザベラがすごい勢いで迫ってくる。二人とも善なる心で訴えてくる。

「……はぁ。イザーク、俺が間に合わなかったら、お前がイザベラをエスコートしろ」

ユリシスは大きなため息をこぼして、しぶしぶ馬車から降りた。

「は、はいっ！　ジハール様はあの裏通りへ入っていきました！」

イザークとイザベラの顔が輝く。頑張って下さいとイザベラから後押しされて、ユリシスは礼服姿で裏通りへ入った。路地の奥へ入っていくと、物乞《ものご》いや親のいない子が隅っこで固まっている危険なゾーンに入る。こんな場所を礼服で入ってきたユリシスは目立つことこの上ない。慈悲を迫る物乞いを目で威圧して、ユリシスは周囲を見回した。汚れた壁、怪しい店が並ぶ通りの先に、看板のない黒い扉の店があった。そこから、黒いフードつきのマントを被《かぶ》ったジハールが出てきた。黒い檻《おり》を抱えている。

「お前……」

フードを深く被っていたジハールは、ユリシスに気づいて息を呑《の》む。

王都の裏通りに魔物をひそかに売買する店があるのは聞いていた。場所を変え、売る日もまばらでなかなか尻尾《しっぽ》が摑《つか》めなかったが、どうやらこの店がそうらしい。ジハールの抱えている檻には黒い犬っぽい魔物が閉じ込められていた。

「それをどうするつもりだ？」

ユリシスはジハールの前に立ち、腕を組んで詰問した。魔物はまだ子犬ほどの大きさで、イザークの言っていた魔物とはかけ離れている。

「なるほど。お前にはそれを成長させる魔法が使えるということだな？　園遊会でそれを解き放つつもりか」

ユリシスが推測して言うと、ジハールの顔が大きく歪んだ。どうやら図星のようだ。ジハールはユリシスを睨《にら》みつけ、間合いを計る。このまま逃げるか、ユリシスと闘うか、迷っているのだろう。

「陛下に恨みがあるなら、魔物など使わずに毒でも盛れ。女好きの陛下に気に入られるような女性を宛《あて》がえば毒殺など容易《たやす》いだろう。陛下の趣味はか弱げで胸の大きい女性だ。不摂生をしているので、少量の毒でもすぐに逝く。それと――陛下は家族への情などないに等しい。王子や妃を傷つけても、何ら意味はない」

ユリシスが投げやりに言うと、ジハールの顔つきが少し変わった。険しい顔つきがわずかに和らぎ、眉根《まゆね》を寄せる。

「俺はあの男が許せない。見逃してくれないか」

ジハールがじりじりと動き出す。園遊会にはフェムト王子も呼ばれているので、ジハールは仕入れた魔物を園遊会に連れ込むつもりだろう。王家への土産とでも称して、白い布で覆えば気づかれずに入り込むことは可能だ。魔物を成長させる魔法を使えるなら、ひょっとして魔物を別の生き物に見せる魔法も使えるかもしれない。

「あいにく、妹に頼まれてな。悪いが、処理させてもらう」

ユリシスはすっと左手を掲げ、氷魔法の呪文を詠唱した。ハッとしてジハールがこの場から逃げ出そうとしたが、氷の刃がジハールの抱える檻へと無数に放たれた。路地裏でいきなり魔法を発動したので、近くにいた物乞いたちが慌てて逃げ惑う。

「クソッ」

ジハールはとっさに防御魔法をかけたが、ユリシスが飛び出して剣を抜くと、それを遮るために檻を前に出した。ユリシスの剣はジハールの持っていた檻の鉄格子に当たり、カンという音を立てる。

「闇魔法よ――」

ジハールは両手を檻でふさがれているので、闇魔法を展開する。足元から黒い影が揺らめき、ユリシスに向かって伸びてくる。ユリシスは剣に氷魔法を宿らせ、檻の鉄格子を横にぶった切った。氷魔法を帯びた刃は、鉄格子を木みたいに砕いた。中にいた黒い犬の魔物が、グオオオと咆哮《ほうこう》して檻から飛び出してくる。

「悪いな」

ユリシスは宙に飛び出してきた魔物を氷魔法で一瞬にして、氷漬けにした。咆哮が途切れ、魔物は凍ったまま地面に落ちた。そこへユリシスは剣先を突き立てた。魔物は一瞬にして粉々になり、地面には氷漬けになった魔物の欠片《かけら》が散らばった。足元から伸びてきた黒い影がユリシスの足に絡みついてきたが、氷魔法を宿らせた剣で斬り捨てた。かすかに足首に黒い靄《もや》が残ったが、動けないわけではない。

「畜生――」

ジハールが憎悪をたぎらせて、身構える。

だが、ユリシスは魔物を仕留めたのを確認すると、ジハールに背を向けた。

「待て！　どこへ行く!?　俺を捕まえるんじゃないのか!?」

去ろうとするユリシスの背中に、ジハールが信じられないと言わんばかりに声を張り上げた。

「魔物を仕留めればどうでもいい」

ユリシスは剣をしまって、そっけなく言い捨てた。ジハールは背後で呆然《ぼうぜん》としている。王家に忠誠心でもあればジハールをしょっぴくところだが、ユリシスにそんな気持ちは微塵《みじん》もない。面倒ごとは避けたいだけだ。

ユリシスは裏通りを出ると、警備隊を呼びつけ、隊長に魔物を売り買いする店があるので摘発するよう指示した。

広場の前では、公爵家の馬車がまだ待っていた。馬車の前で不安そうにうろうろしていたイザークがユリシスを見つけて飛び上がって喜ぶ。

「公爵様！　無事ですか！　魔物は⁉」

イザークはユリシスが怪我一つないのを確認して、馬車の扉を開ける。

「お兄様！」

馬車の中で待っていたイザベラが、腰を浮かせてユリシスの手を引っ張る。

「始末してきた。飛ばせば間に合うか。急がせろ」

ユリシスは後から乗り込んできたイザークに声をかける。イザークは御者に「急いで城へ！」と呼びかける。

「お兄様、穢《けが》れが。浄化しますわ」

イザベラはユリシスの足に絡みつく穢れに気づき、手を組んで祈り始めた。するとユリシスの足にまといついていた黒い靄が消滅した。いつの間にかイザベラは浄化魔法をマスターしている。

「何と、魔物の子どもを仕入れて、ひそかに園遊会に運び込もうとしたんですね！　成長魔法かぁ、そういえば闇魔法には巨大化させたり、成長を速めたりする魔法があったかも」

揺れる馬車の中、ユリシスがジハールの抱えていた魔物について語ると、イザークは感嘆したそぶりでうんうん頷《うなず》いている。

ほどなく馬車は城へついた。少し遅れたが、何食わぬ顔で、ユリシスはイザベラの手を取って会場へ赴いた。

奥庭で開かれている園遊会には、多くの貴族が招待されていた。奥庭は色とりどりの花が咲き乱れ、貴婦人のドレスと相まって華やかな雰囲気になっている。奥庭に長テーブルがいくつか置かれ、見た目も鮮やかな軽食が並べられている。立食形式なので、ユリシスたちはそれぞれグラスを手に取った。

「このように良い天気に恵まれたこと、神に感謝しましょう」

主催の王妃がグラスを掲げ、乾杯の挨拶《あいさつ》を述べる。貴族たちもグラスを掲げ、王妃の合図でシャンパンを口にする。王妃は聖女候補の名を呼びあげ、人々の前に出るよう命じた。イザベラはユリシスの手を離れ、人々の前に立つ。王妃の傍にはいつの間にか王子と側室、側室の王子、王女が並んだ。そして一番端には大神官と呼ばれる教会で一番力を持つ男もいた。名前はダグラス、五十代の顎髭《あごひげ》を生やした背の高い男で、神聖力に長《た》けている。

聖女候補と言われる五名の女性が王妃の前に整列した。イザベラだけでなく、マリアも残りの二名の女性もドレス姿だったが、修道女だけはシスター服のままだった。

「ここにいる五名は、厳正なる審査の上、聖女候補に選ばれました」

王妃が聖女候補を皆に紹介しようとする。そこへ、ユリシスは「王妃様、恐れながら」と割って入った。

「どうしました？　ユリシス」

ユリシスが王妃や聖女候補の前で跪《ひざまず》いたので、王妃も首をかしげて問う。

「私の妹は魔力量が少なく、聖女になれる可能性は極めて低いと思われます。従って、我が妹は聖女候補から辞退させていただきたいのです」

ユリシスが頭を下げて言うと、王妃がちらりと大神官に目を向ける。大神官はすっと前に出てきて、イザベラの額に手を当てた。

「……確かに、イザベラ嬢の魔力量は少なく、聖女の任を行うには無理があるかと」

大神官にはイザベラの魔力量がお見通しだった。大神官の意見を聞き、王妃は残念そうにイザベラを見つめる。

「イザベラ、あなたはそれでいいの？」

王妃に優しく問われ、イザベラはそっと腰をかがめた。

「兄の言う通り、私には分不相応な役目かと存じます。どうぞ、王妃様。私は聖女候補から外して下さい」

イザベラが落ち着いた声で言う。

「そう……あなたがそう言うなら、イザベラ嬢は――」

「そんなの駄目ぇっ!!」

王妃の声をすごい勢いでかき消したのは、マリアだった。皆がぽかんとしてマリアを見る。

「そんなの駄目です！　イザベラが聖女候補じゃないと困るのよ！　辞退なんて何言ってんの！　あなたは私と争ってくれないと駄目じゃない!!」

興奮した様子で怒鳴るマリアに、その場にいた皆が呆気《あっけ》にとられる。隣にいた修道女が「マリアさん、王妃様に対して失礼ですよ」と急いで声をかける。そこでマリアも我に返ったのか、青くなったまま身を縮めた。

「も、申し訳ありません……」

突然騒ぎ立てたマリアに、王妃も嫌悪を露《あらわ》にしている。アレクシスを見やると、こちらも額に手を当てて呆《あき》れている様子だ。

「ダグラス、イザベラが聖女になる可能性は万に一つもないの？」

王妃が気を取り直したように大神官に聞く。

「王国全土に結界を張るのは無理でしょう」

大神官が断言する。それにショックを受けているのはイザベラではなく、マリアだった。そんな、と呟《つぶや》き、わなわなしている。

「何で今そんなこと言うの……？　そんなのエンディング前で明かせばいいでしょ……？」

マリアがぶつぶつと呟く声がして、ユリシスは薄気味悪さを感じた。イザークもおかしいと思うことがあるが、マリアはそれ以上だ。意味不明の言葉を口にする。

「ではイザベラ嬢は聖女候補から外しましょう。残りの四名から、次代の聖女を選ぼうと思います。彼女らにどうか温かい支援をお願いします」

イザベラがユリシスの下へ戻って来ると、王妃がそう皆に宣言した。拍手を以《もっ》て聖女候補が認められ、ユリシスも安堵《あんど》した。これでイザベラが無駄な時間を過ごす必要はなくなった。

当初の予定ではさっさと帰るつもりだったが、魔物を始末したというのもあって、ユリシスは園遊会を愉《たの》しむことにした。イザベラはアレクシスに誘われたので、ユリシスはアンジェリカを見つけ、奥庭の花を見て回った。

「あれが噂のマリア嬢ね。あの場で騒ぎ立てるなんて、信じられないわ。本当にあんなマナー知らずの子が、多くの貴族子息を侍《はべ》らせたの？」

アンジェリカは庭園を歩きつつ、呆れたように言った。

「彼女が渡すクッキーに、魅了か、あるいは中毒作用を及ぼす力があるようだ」

ユリシスはため息と共に語った。アンジェリカはますます目を丸くして、扇で隠した口元を歪《ゆが》める。

「恐ろしい子なのね。あら……」

椿が並ぶ庭園を通ると、何やら騒がしい声がする。アンジェリカは腕を絡めていたユリシスを引っ張り、椿の後ろに身を潜める。何事かと思いアンジェリカが扇で差すほうを見ると、少し離れた場所に、アレクシス王子とイザベラ、マリアがいた。マリアはしきりにイザベラに向かって文句を言っていて、それをアレクシスが前に立ってかばっているという図式だ。ユリシスはすぐにでもイザベラを助けに行こうとしたが、アンジェリカがそれを制する。

「アレクシス王子の出方を見ましょう。アレクシス王子がイザベラ嬢をきちんと守れるのか」

アンジェリカに囁《ささや》かれ、ユリシスも不承不承頷いた。椿の裏から会話を聞いていると、マリアが涙ながらにイザベラを詰《なじ》っている。

「何で、聖女候補を辞退するのよ！　あなたは私とライバルになって、一年間切磋琢磨《せっさたくま》しなきゃ駄目なのに！」

マリアは先ほども騒いでいたが、イザベラが聖女候補を辞退したのが許せないようだ。

「今からでも遅くないわ！　聖女候補に戻りなさいよ！　あなたがいないと意味がないの！」

子どもみたいに癇癪《かんしゃく》を起こして、マリアが怒鳴っている。対するイザベラは困ったように首をかしげるだけだ。

「マリア嬢、もうその件に関してはすんだことだ。イザベラの選択を君に変える権利はない」

アレクシスは少しイライラした口ぶりだ。おそらくこの会話を延々やっているのだろう。

「アレクシス様！　アレクシス様だって、イザベラ様が聖女候補のほうがよいでしょう!?　あなたがイザベラ様を説得して下さい！」

マリアはアレクシスの腕を掴《つか》んで言う。王族の身体に許しもなく触れるのは不敬罪となるが、マリアはそんなことも分からない。

「私はイザベラがやりたくないものを勧める気はない。イザベラが聖女になろうと、今のままだろうと、婚約者であることには変わりがないし」

アレクシスはマリアの腕を振り払って、苛《いら》立《だ》った表情になる。マリアは自分を見るアレクシスの目つきがおかしいと気づいたのだろう。

「嘘……、どうしてそんな冷たい目を……？　アレクシス様、私のことを好いて下さっていたでしょう……？」

青ざめるマリアに、アレクシスは首を横に振った。

「君のくれたクッキーを食べてから、何故かそんな気分になっただけだ。いつまでもつきまとわないでくれ。迷惑だよ」

きっぱりと言い切るアレクシスに、イザベラも安堵した様子だ。少し同情気味にマリアをアレクシスの背中越しに見ている。

「行こう、イザベラ」

アレクシスがイザベラの手を取って去ろうとすると、大きく顔を歪めて、マリアがイザベラの腕を摑む。きゃっとイザベラが声を上げた。

「――待って、アレクシス様。私は未来が分かるの。私を邪険に扱っては損をするわよ。もうすぐここに魔物が来るんだから」

ひやりとする低く呟くような声で、マリアが吐き出す。ユリシスは思わず目の前の椿の花を握りつぶした。イザークが言っていたのと同じことをマリアも言っている。

「ここにいる人たちが魔物で怪我を負うの！　その時、アレクシス様を助けられるのは私だけなのよ！　イザベラ様、ねぇ、私はあなたのお兄様の未来も知っているの！　あなたのお兄様を助けられるのも、私だけなのよ！」

マリアの声が徐々に大きくなり、鋭く響き渡る。イザベラはマリアに腕を摑まれて、怯《おび》えて目を瞠《みは》る。アレクシスは混乱したように鬼気迫る表情のマリアをイザベラから引き離そうとした。

「魔物が来るとはどういう意味だ？　君は何を知っている？」

冗談や嘘と言うには、マリアの態度に迫力がありすぎたのだろう。アレクシスは戸惑いながら問いただす。

「そうだわ……ユリシス様に会わなくちゃ……。ユリシス様を助けられるのは私だけなんだもの」

マリアはイザベラの腕を離し、ぶつぶつ言いながら身を翻した。そのまま誰かを探すように走り出した。マリアの姿が見えなくなってから、ユリシスはアンジェリカと椿の裏から姿を見せた。アレクシスとイザベラはマリアの態度に呆然《ぼうぜん》としたままで、ユリシスたちに気づくとびっくりして身を引いた。

「お兄様……あの、今、マリアさんが」

イザベラはマリアが去った後に顔を向け、瞳《ひとみ》を揺らす。ユリシスを助けられるのは自分だけとマリアが言っていたので、怖くなったのかもしれない。

「話は聞いていた。アレクシス王子、イザベラをお守りいただきありがとうございます」

ユリシスはにこりともせず、アレクシスに一礼した。理想とする守り方ではなかったが、とりあえずマリアの毒牙《どくが》から守ったと判断できる態度だった。

「あ、ああ……。大丈夫だろうか？　マリアは少々……おかしくなかったか？　魔物が出るとか言っていたが……本当に未来が分かるのだろうか？」

アレクシスにもマリアの異常さが目についたのだろう。気味悪そうに腕を掻いている。

「頭のおかしい女の戯言《ざれごと》ですよ」

ユリシスはアレクシスの不安を一刀両断した。魔物は出ない。自分が始末したから。

「魔物なんて現れるわけありません。園遊会が無事に終わった後に、あの女の戯言だったと分かることでしょう。アレクシス様、私はこのまま帰宅します。あの女と鉢合せしたくないのでね」

　ユリシスはそう言ってイザベラに手を差し伸べた。アンジェリカとイザベラを連れて帰るつもりだったのだ。

「私はもう少しここへ残ってアレクシス様とお話ししたいです」

　イザベラはぽっと頬を染め、アレクシスに小首をかしげる。

「ユリシス。イザベラ嬢は私が送り届けるから、滞在を許してくれ」

　アレクシスもイザベラに微笑みかける。

「分かりました。あまり遅くならないように」

　強引にイザベラを連れて帰る真似はしたくなかったので、ユリシスはすんなりと引いた。アンジェリカの腕を取って、先に帰ることにした。王妃にはすでに挨拶《あいさつ》をすませているし、馬車にイザークも待たせている。アンジェリカも一緒に帰ると言ったので、アンジェリカの兄に言伝《ことづて》を頼んで公爵家の馬車で送ることにした。

「ちょっと待って」

　馬車留めの近くまで来たところで、アンジェリカがユリシスの腕を引っ張る。足を止めると、馬車と馬車の間で言い争いをしている男女がいた。

「あの女」

　ユリシスは舌打ちした。先ほど騒いでいたマリアが、今度はユリシスの家紋の馬車の前でイザークと口論していたのだ。

「あなたは出ないほうがいいわ」

アンジェリカに止められ、ユリシスは馬車の陰から二人をそっと窺った。マリアは顔を真っ赤にして怒鳴りつけていて、それに対してイザークは不愉快そうに言い返している。

「あんたが！　あんたのせいでストーリーがおかしくなっていたのね!?　どうしてくれるのよ！　せっかく私が主人公の世界に転生できたと思ったのに！」

「ここは乙女ゲームの世界じゃありません、現実に私たちは生きてるんです。よりよい世界に変えて何が悪いんですか、そもそも私の知っている主人公は――」

「違う、違う！　ここは私が皆から愛される世界なの！　物心ついた時には私には日本で生きていた記憶があったのよ！　アレクシス様が馬車の事故に遭って私が治療するはずだったのに、それを阻止したのはあなただったんでしょ！　私はあの日をずっと心待ちにしていたのに！」

「たとえ、治癒魔法を使えようと誰かが怪我をするのを見過ごせるわけがないでしょうが！」

マリアとイザークは意味不明の言葉を使い怒鳴り合っている。イザークはマリアが自分と同じような力を持っていると言っていたが、二人にしか理解できない共通の言語があるようだ。

「警備隊を呼んでくるから、ここで隠れていて。あなたが出るとややこしくなるから、絶対に顔を出さないでね」

アンジェリカはユリシスに耳打ちして、警備隊を呼びに行った。ほどなくして警備隊員が二名現れ、暴れるマリアを捕らえて引きずっていった。マリアはイザークに対して「許せない！　勝手に話を変えないで！」と最後まで文句を言っていた。

疲れた様子のイザークの下へアンジェリカと近寄ると、見たことのない悲しげな表情で頭を下げられた。

「お騒がせしてすみません……。彼女と分かり合えないかと、話しかけてみたのですが……。私には未来を変えた負い目があったようです」

消沈しているイザークを馬車に乗せ、ユリシスは屋敷へ戻るよう御者に声をかけた。

「お前がいなければ、俺は悲惨な運命を辿《たど》っていただろう。だから、お前が負い目を感じるのは不愉快だ」

ユリシスが言い切ると、イザークが苦笑した。

「そう……ですよね、私は公爵様をお守りしたくて……」

走り出した馬車の中、イザークは悩ましげに唇を噛《か》む。

「俺の目にはあの女は頭がいかれているとしか見えないが、イザーク、お前の目からは違って見えるようだな」

気落ちしているイザークにどう声をかけていいか分からず、ユリシスは顎《あご》を撫《な》でた。隣に座っていたアンジェリカも、イザークに同情気味な眼差《まなざ》しだ。

「やはりマリアにも前世の記憶があるようでした。私たちは同じ日本という国に生まれ、同じ嗜好《しこう》を持ち合わせていたのに……何故我々はこのような不可思議な世界に転生したのか……。それとも日本にいた記憶はすべて幻だったのか……」

イザークは頭を抱え、悔恨するようにぶつぶつ呟《つぶや》いている。ニホンという聞き覚えのない国については知らないが、イザークが落ち込んでいるのはよく分かった。ユリシスはイザークの肩に手をかけ、その顎を上向ける。伏せていたイザークの瞳とかち合い、ユリシスは強い眼差しを注いだ。

「お前に言い忘れていた。お前に、感謝している」

ユリシスはイザークの目を見つめ、囁《ささや》いた。イザークの頬が赤くなり、瞳が大きく見開かれる。

「お前に救われた。ありがとう」

めったに言わない言葉を、ユリシスはまっすぐに伝えた。するとイザークは耳まで赤くなり、顎を捉《とら》えていたユリシスの手から離れ、身を縮ませる。

「うう……、これだからユリ推しは辞められない……」

照れているのか、イザークは両手で顔を覆って悶《もだ》えている。ユリシスのストレートな感謝の表現はイザークの気持ちを晴れさせたらしい。恥ずかしさを隠すように髪を掻《か》き、笑っているのか怒っているのか分からない顔を見せる。

「そ、そういえばどうなりましたか？　聖女候補は取り消されたのでしょうか？　マリアのあの様子では無事にいったようですが」

揺れる馬車の中、イザークに聞かれ、ユリシスは「イザベラは聖女候補を辞退した」とだけ告げた。

「あなたはそっけないわねぇ。私が語るわ」

アンジェリカはユリシスの端的な報告に呆《あき》れ、王妃の前で繰り広げられたマリアのマナー知らずの行動や、アレクシスたちに迫ったマリアの不気味さを細かく語る。イザークは恐ろしげに身震いした。

「やはり彼女も魔物が出るのを知っていたのですね。やっぱり公女様がいないと困るんだなぁ。そりゃそうか、聖女候補が二人ならアカデミー内で聖女の勉強ができるけど、公女様が辞退したら、わざわざ毎週神殿へ行かなきゃならないもんなぁ」

イザークはしたり顔でうんうんと頷《うなず》いている。

「魔物が出るって何なの？　本当に魔物が出るなら、近衛《このえ》騎士に報告したほうがよくなくて？」

アンジェリカはマリアの言葉に半信半疑の様子だ。

「魔物は出ない。俺が始末した」

ユリシスが安心させるように言うと、余計に驚かせたのか、アンジェリカが「どういうことなの！」と声を張り上げる。

「公爵様が未然に事件を防いだので、園遊会は無事に終わると思います。ともかく、これでマリアと公女様の繋《つな》がりはなくなったわけですから、これから平和になる……はずですよね」

イザークは何か気がかりなのか、浮かない様子だ。ユリシスとしては、マリアの予言が嘘となっていい気味だ。これでアレクシスだけでなく、ショーンやマイクも目が覚めるといいのだが。

「理解ができませんわ。もっと詳しく話して下さらない？　イザーク、説明して」

アンジェリカは話についていけなくて、向かいに座るイザークの膝《ひざ》を親しげにぽんぽん叩《たた》く。ついその手を取り、じろりとイザークを睨《にら》んだ。

「いつの間にそんな親しく？」

ユリシスが威圧すると、イザークが慌てて首を振る。アンジェリカとイザークが気安く話しているのは気に入らない。

「いやっ、これは何というか、同じユリ推しというかっ、アンジェリカ様は私を使用人としか思っておられないので」

焦るイザークの態度がやけに怪しく見える。横にいるアンジェリカは、何故か小さく笑っている。自分は愛想がないので、アンジェリカにとってはイザークのほうが話しやすいのだろう。

「あらぁ、その気に入らないという顔はどちらに向けてかしら？　まさかお気に入りのイザークをとられてではないわよね？」

アンジェリカの意味深な笑みに、ユリシスは手を離して、ふんと鼻を鳴らした。腕を組んで窓の外へ視線を向けると、アンジェリカとイザークがひそひそ話を始める。少々疎外感を覚えたが、二人が楽しそうなのでユリシスは黙って馬車に揺られていた。

7 魔族の置き土産

園遊会に魔物は現れなかった。マリアの言葉は嘘となり、アレクシスは今後関わり合いになるのはよそうとイザベラに語ったそうだ。

聖女候補に選ばれたマリアは、毎週神殿へ行かされ、みっちりと扱《しご》かれていると王妃から聞いた。アカデミーと神殿での勉強を両立させるのは大変らしく、マリアは日ごとにやつれていき、イザベラにちょっかいをかけることもなくなったとレイラとキャロルから報告を受けた。

ある夜、ユリシスは寝室で眠りから覚めた。部屋の中は薄暗く、深夜という時間帯だ。目が覚めたのは、バルコニーから不審な物音がしたからだ。

「誰だ？」

ユリシスは素早くベッドから起き上がり、横に置いていた剣を手に取ってカーテンを開けた。バルコニーにはジハールがいた。黒いフード付きのマントを羽織り、バルコニーの手すりに腰を下ろしている。ユリシスは静かに窓を開け、剣を下ろしたままバルコニーに出た。

「そこで何をしている」

　ユリシスは無言で手すりに座っているジハールを見据えた。夜の間も騎士が見回りをしているはずだが、ジハールは彼らの目を潜《くぐ》り抜けてここまで来たらしい。明日、彼らを叱っておかなければならない。ジハールと会ったのは、あの裏通り以来だ。

「眠りを妨げてすまない。お前に礼が言いたくてな」

　ジハールは手すりから降り、その場で優雅に一礼した。

「礼？」

　ユリシスが眉根《まゆね》を寄せると、ジハールは小さく微笑んだ。

「ああ。お前のおかげで母の仇《かたき》が討てた。ありがとう」

　ジハールにはユリシスを害する気はないようだ。言葉通り、本当に礼を言いに来ただけらしい。母の仇と言われてユリシスは身体を固くした。

　――ジハールは国王を手にかけたのか。

　女を宛《あて》がえとは言ったが、すぐさま実行するとは思わなかった。国王の死は国にとって一大事だ。これからのことを考え、頭が痛くなった。国王が死のうが涙は出ないが、一国の王が死んだ後の政務処理は膨大なものだ。

「証拠は残さなかっただろうな？」

　ユリシスは腕を組み、ジハールに確認した。

「そんな愚かな真似はしない。あの下種《げす》野郎に毒を盛ったのは、俺の信頼する者だ。すでに国を出ている」

ジハールが自信ありげに言うので、ユリシスも吐息をこぼした。

「目的を遂げたのなら、お前も国に帰るのだな？　南の魔王の息子だろう？」

ユリシスが流し目をくれると、ジハールの両目が大きく見開く。

「それをどうして知っている？」

ジハールはすっと足を進めてきた。ユリシスの前にジハールが立ち、強く鋭さを感じさせる瞳《ひとみ》がユリシスを見据えた。

「俺にも情報をもたらす者はいる」

ユリシスは不敵に笑んだ。するとジハールの手が伸び、ユリシスの頬に触れた。思わず身を引くと、ジハールが一歩前に詰めてきた。目の前に立ったジハールは、何か言いたげな表情でユリシスの腕にそっと触れた。

「……お前が公爵でなければ、国へ連れて帰りたかった」

囁《ささや》くような声で言われ、ユリシスは戸惑いながらジハールを見返した。浅黒い肌に光る青い瞳は宝石のように輝いている。

「俺が魔王の領地へ行ってどうする？」

ユリシスが苦笑すると、ジハールの手が銀色の髪をまさぐる。不必要に近い距離で髪や身体を触られ、ユリシスは落ち着かなくなった。気のせいか、ジハールの手も瞳も、熱を帯びている気がする。妙に気づまりでユリシスがその身体を押し返そうとすると、逆にジハールが耳元に唇を近づけてきた。

「――魔族は男でも伴侶《はんりょ》にできるから」

耳朶《みみたぶ》に唇を寄せ、ジハールが甘く告げた。一瞬何を言われているか分からなくて、ユリシスは固まった。やっとその意味が呑《の》み込めたとたん、ユリシスは顔を歪《ゆが》めてジハールを突き飛ばした。ジハールはそれを察したように、サッとユリシスから飛びのいた。

「竜は恩を忘れない。お前に何かあったら、助けよう。ではまたな」

ジハールはにやりと笑ってそう言うなり、三階のバルコニーから宙に舞った。そのまま落下するかと思いきや、ジハールの背中から黒い大きな羽が現れる。ユリシスはかすかに赤くなった頬を厭《いと》い、遠ざかる黒い竜を睨みつけた。下から騎士の騒ぎ声が聞こえてくる。いきなり現れた黒い竜に、彼らはパニックになったようだ。

(俺を馬鹿にしているのか？　あいつ、今度会ったら一発殴ろう)

ユリシスは剣を戻し、ベッドに潜った。耳元にはジハールの囁き声が残っている。それはずいぶん長いことユリシスを不快にした。

ジハールの言葉通り、翌日、王家から緊急の知らせが届いた。

国王陛下の崩御が朝一番で伝えられ、ユリシスの屋敷も慌ただしくなった。昨夜、国王は気に入った踊り子を寝所に引き込み、そのまま毒殺されたという。城では大騒ぎで、肝心の踊り子も行方が分からないそうだ。国王陛下の毒殺は、王家に混乱をもたらした。現在立太子している王子はおらず、正当な後継者が存在しなかったからだ。葬儀の準備が行われる傍ら、急遽主《きゅうきょ》だった貴族が王宮に召集された。

「陛下がお亡くなりになった今、私が女王となるべきではないか」

この事態に、王妃が女王になると宣言した。だが、多くの貴族に猛反発を食らって、それは通らなかった。この国では女性が王位に就くのを認めておらず、その法律も存在しない。王妃は賢いというのは知られていても、女性が上に立つのを認められない重鎮は多かった。かといって、まだ若い第一王子が国王になるのは、側室の第一王子のクラヴィスがいる手前、許されなかった。本来なら正妃の子であるアレクシスのほうに正当性があったが、側室の子のクラヴィス王子のほうが二年早く生まれていたことや、支えるる貴族が多かったことも要因となった。特にユリシスと同じ公爵位のトラフォト家が、アレクシス王子が国王になるのに断固反対していた。法律上、国王陛下が不意の死を遂げた場合、喪に服すひと月の間に次期国王、あるいは国王代理を選ぶことになっている。

「一体、どうしろと言うのですか」

王妃は混乱する会議の間、苛立《いらだ》ちを隠せない様子だ。自分が女王になれば、アレクシスの王位継承は決まったも同然だ。トラフォト家としては、それを阻止したい。王妃はアレクシスこそ正当な王位継承者と声高に語り、それに同調する貴族と、反対する貴族が言い争いを続けた。王妃はユリシスに味方してほしいという視線を何度も送ってきたが、ユリシスはどちらの味方もしなかった。アレクシスに王を任せるのは時期尚早だと思ったのだ。

「皆様、私が第三の意見を申し上げましょう」

長く続いた討論に一石を投じたのは、宰相であるリンドール侯爵だった。頃合いを見計らったように出てきたリンドール侯爵に目を瞠《みは》った。アンジェリカの父である宰相のリンドール侯爵は、やり手と称される貴族で、多くの縁故を持っている。

「リンドール侯爵、何です？　申してみよ」

王妃は長く続く言い争いに疲れて、軽く手を振った。トラフォト公爵は油断ならない目つきでリンドール侯爵を見据える。

「王家の血を引く男子は他にもいるではないですか」

リンドール侯爵が視線を向けた先にいたユリシスは、ハッとして身を固くした。それまで議論を交わしていた貴族たちは、皆いっせいにユリシスに視線を向ける。

「モルガン公爵が王家の血を引いているのは、古くからいる貴族には周知の事実です。無論、私も彼が国王としてこの国を統治していくのは問題があると分かっております。ですから、どうでしょう。期限を決めて、モルガン公爵に国王代理を任せるのは。その間にアレクシス様とクラヴィス様が成人なされて、どちらが王にふさわしいか決めれば良いのではないでしょうか」

リンドール侯爵が挙げた意見は、先延ばしというものだった。結論を出さないやり方だが、国王陛下の不意の死という状況では、もっともよい意見に思えたのだろう。焦るユリシスを尻目《しりめ》に、他貴族から賛成の言葉が寄せられた。トラフォト家としても、女王やアレクシスが王位を執るよりマシな選択だったのか、リンドール侯爵の意見にしぶしぶ同意した。王妃もこれに反対するのはユリシスを敵に回すことと思ったのだろう。仕方なく同意をした。

「私が……国王？」

ユリシスは降ってわいた重荷に、眩暈《めまい》を感じた。

戸惑うユリシスに、リンドール侯爵は次々と具体的な内容を決めていった。ユリシスが国王代理をする期間は三年間のみ。その間に次期国王を選び、順を追って移行する。現王妃は皇太后となり、ユリシスの補佐をする。ユリシスは王にいる間、結婚してはならないという取り決めまで成された。

「侯爵……」

ユリシスはリンドール侯爵に恨みがましい目つきを向けた。リンドール侯爵が自分を持ち上げるとは思わなかった。結婚不可ということで、他の貴族もリンドール侯爵の意見に賛成した。娘のアンジェリカを王妃にするという私欲を封印したからだ。

「代理とはいえ、手は抜かないように。良い治世を期待しておりますよ」

リンドール侯爵は不敵な笑みを浮かべてユリシスの肩を叩《たた》いた。

ユリシスが国王を任されることになり、ユリシスの周囲も騒然とした。領地にいる者たちは喜ぶ者も多かったが、領地がどうなるか心配なほうが大きかったらしい。ユリシスとしてもいきなり国全体を任されて不安しかない。

最初はどうにか面倒な国王代理という地位から逃れられないかと頭を悩ませたが、眠りにつく前、ふと天啓のように閃《ひらめ》くものがあった。

国王代理とはいえ、国王に近い権限を在位中は使うことができる。つまり――イザベラを悩ませている聖女関連の事業をすべてユリシスが変更できるということだ。無論道理の通らない変更は重鎮や他の貴族から反対されるだろうが、これまで聖女関連で問題だった点を改善するものなら、ユリシスの意見は通るはずだ。

それに気づくと、ユリシスは俄然《がぜん》やる気になり、国王代理という期間限定の任務に前向きに当たった。

「イザーク、領地はお前に任せたぞ」

国王としての仕事も大事だが、領地はもっと大事だ。王城に宛《あて》がわれたユリシスの執務室にやってきたイザークに、早速権限を貸与した。領地を任せられるのは聡明《そうめい》なイザークの他にいない。これまで常に一緒に仕事をしてきたので、ユリシスの信頼も厚い。

「し、信じられません……公爵様が国王……。これも強制力なのか？　逆賊じゃないのに国王になってしまった……」

イザークはこの事態に一番パニックになっている。イザベラはこれ以上ユリシスが仕事漬けになるのは心配だと言っている。

国王代理というのもあり、任命式は簡単にすませた。大神官や聖女の許しを得て、ユリシスは何の因果か、ひと月後には玉座に座ることになった。代理とはいえ国王の座についた以上、ユリシスは早速権力を行使することにした。すでに根回しはすませてある。

そう――最高権力者になった今なら、実行可能だ。

「聖女候補を呼べ」

ユリシスは前国王の側近を引き続き採用し、最初の命を下した。新たに人を雇うのは混乱を招くので、ユリシスは管理職の者や王宮で働く者を全部そのまま置いた。国王が変わっても仕事場は同じということで、王宮で働く者は皆、安心したと聞く。王妃や側室、子どもたちも以前のまま王城に残るので、本当に頭が挿《す》げ替えられただけの状態だ。

ユリシスの最初の命令で、聖女候補が四人、謁見の間へ連れてこられた。

マリアは玉座に座っているユリシスに呆然《ぼうぜん》としている。報告によれば、マリアが一番魔力が多いようだが、他の聖女候補の娘もそれなりにがんばっているようだ。現聖女と大神官にはあらかじめユリシスの意向を伝えてある。二人とも、ユリシスの意見に賛成してくれた。

「国王陛下に拝謁します」

　聖女候補三人が、ユリシスの前に跪《ひざまず》く。慌ててマリアもそれに倣い、高圧的な視線で見下ろすユリシスを見上げた。

「よく来たな。そなたらに申しつける。聖女一人にこの国全体を任せるのは負担が大きいとして、これからは聖女の人数を増やすことにした。ついては、そなたらは聖女候補ではなく、今日から四人とも聖女を名乗るように」

　ユリシスは厳かな声で告げた。聖女候補の娘たちが面食らったように顔を見合わせる。マリアも何を言われているか分からないといった表情だ。

　すでに大神官や神殿の者とは話し合いがすんでいた。これまで聖女は一人というのが決まりだったが、その規則を撤廃することにした。現聖女は一人で国中に結界を張れる魔力の持ち主だったが、毎回そんな力のある者が現れるとは限らない。だから、数名の聖女で、その任に当たればいい。

「現聖女とともに、五人でこの国に結界を張るのだ。それに伴い、これまで聖女に与えられていた爵位はなくなった。その代わり聖女は神殿の所有として、不可侵の条約を結ぶ」

　ユリシスは続けて書類を読んだ。聖女は王族と結婚する例が多かったが、爵位取り消しと共に望まぬ婚姻はしない。代わりに自由に過ごせるよう、不可侵の存在として大切にする。他にも細かい条項はいくつもあるが、おおむね貴族や神殿からの了承を得られた。

「よいな？　分かったら、もう下がれ」

ユリシスがそっけなく言うと、マリアがわなわなして立ち上がった。

「そ、そんな！　聖女って一人でしょ!?　それじゃ聖女の価値が下がるじゃない！」

ぶしつけに叫びだしたマリアに、修道女の娘が慌てて腕を引っ張る。ユリシスは冷たい視線をマリアに向けた。

「言い忘れていたが、聖女の仕事は簡単ではない。ゆえに、そのほうはアカデミーを退学し、仕事に当たるよう。くわしくは大神官に聞け。衛兵、連れていけ」

厳しい声音でユリシスは衛兵に命じた。

「た、退学……っ、そんな……っ、ありえない、何かの間違い……っ」

マリアは真っ青になって眩暈を起こしている。

「何なのよっ、ここは私が主人公の世界じゃないの!?　私がやった乙女ゲームとぜんぜん違うじゃない！　こんな未来、訪れるはずがないのに！」

衛兵に囲まれるマリアを、ユリシスは眇《すが》めた目つきで見下ろした。イザークと似たような意味不明の発言をしているが、イザークと違い不快感は増すばかりだ。

「そのほう——前から思っていたが、一言言っておこう」

衛兵に押さえつけられるマリアに、ユリシスは冷たい声を投げかけた。マリアがハッとしてこちらを見る。

「もしお前が主人公の世界だったのなら――そのように見苦しい聖女などいるはずがない。聖女というのは救済の象徴、慈悲の心で人を救う存在だからな。他人を蹴落《けお》とそうとする時点で、そなたは聖女ではありえない」

きっぱりとユリシスが言い切ると、マリアが真っ青になってその場にへたり込んだ。

「私……私の……せい……？」

青ざめてぶつぶつと呟《つぶや》くマリアを、ユリシスは謁見の間から追い出した。現聖女が申し訳なさそうに頭を下げ、他の聖女候補だった娘たちは大神官と共にしずしずと部屋を出て行った。

聖女が消え去ると、長年の懸念事項だった問題が解決されて、すっきりとした気分になった。マリアを強制退学させ、これでイザベラが悪役令嬢になる危険性はなくなった。国王などわずらわしいと思っていたが、強い権力を行使できたのは幸いだ。

「何だかすごい子でしたね。あのマリアという少女、聖女の訓練中もいろいろ問題を起こしているようです」

宰相のリンドール侯爵が、玉座に近づいて呆《あき》れて言う。

「それにしてもイザベラ嬢は聖女にならなくてよかったのですか？　聖女が五人という体制なら、十分力を発揮できるのでは？」

リンドール侯爵はイザベラのこともよく知っているので、気になったようだ。ユリシスはふっと笑って首を横に振った。

「イザベラは今のままでよいのだ。あの子は聖女でも悪役令嬢でもないのだから」

ユリシスが口元に笑みを湛《たた》えて言うと、リンドール侯爵が「悪役令嬢？」と怪訝《けげん》そうに聞き返す。

「何でもない。山積みの仕事をこなそう」

晴れ晴れとした思いで、ユリシスは仕事にとりかかった。

本書は書き下ろしです。この作品はフィクションであり、登場する人物・地名・団体等は実在のものとは一切関係ありません。

悪《あく》役《やく》令嬢《れいじょう》の兄《あに》の憂《ゆう》鬱《うつ》

夜光《やこう》 花《はな》

令和6年 2月25日　初版発行

発行者●山下直久

発行●株式会社KADOKAWA
〒102-8177　東京都千代田区富士見2-13-3
電話　0570-002-301（ナビダイヤル）

角川文庫 24037

印刷所●株式会社暁印刷
製本所●本間製本株式会社

表紙画●和田三造

●お問い合わせ
https://www.kadokawa.co.jp/（「お問い合わせ」へお進みください）
※内容によっては、お答えできない場合があります。
※サポートは日本国内のみとさせていただきます。
※Japanese text only

ISBN 978-4-04-114612-5　C0193

◇◇◇

角川文庫発刊に際して

角川源義

第二次世界大戦の敗北は、軍事力の敗北であった以上に、私たちの若い文化力の敗退であった。私たちの文化が戦争に対して如何に無力であり、単なるあだ花に過ぎなかったかを、私たちは身を以て体験し痛感した。西洋近代文化の摂取にとって、明治以後八十年の歳月は決して短かすぎたとは言えない。にもかかわらず、近代文化の伝統を確立し、自由な批判と柔軟な良識に富む文化層として自らを形成することに私たちは失敗して来た。そしてこれは、各層への文化の普及滲透を任務とする出版人の責任でもあった。

一九四五年以来、私たちは再び振出しに戻り、第一歩から踏み出すことを余儀なくされた。これは大きな不幸ではあるが、反面、これまでの混沌・未熟・歪曲の中にあった我が国の文化に秩序と確たる基礎を齎らすためには絶好の機会でもある。角川書店は、このような祖国の文化的危機にあたり、微力をも顧みず再建の礎石たるべき抱負と決意とをもって出発したが、ここに創立以来の念願を果すべく角川文庫を発刊する。これまで刊行されたあらゆる全集叢書文庫類の長所と短所とを検討し、古今東西の不朽の典籍を、良心的編集のもとに、廉価に、そして書架にふさわしい美本として、多くのひとびとに提供しようとする。しかし私たちは徒らに百科全書的な知識のジレッタントを作ることを目的とせず、あくまで祖国の文化に秩序と再建への道を示し、この文庫を角川書店の栄ある事業として、今後永久に継続発展せしめ、学芸と教養との殿堂として大成せんことを期したい。多くの読書子の愛情ある忠言と支持とによって、この希望と抱負とを完遂せしめられんことを願う。

一九四九年五月三日

聖女ヴィクトリアの考察

アウレスタ神殿物語

春間タツキ

帝位をめぐる王宮の謎を聖女が解き明かす!

霊が視《み》える少女ヴィクトリアは、平和を司る〈アウレスタ神殿〉の聖女のひとり。しかし能力を疑われ、追放を言い渡される。そんな彼女の前に現れたのは、辺境の騎士アドラス。「俺が"皇子ではない"ことを君の力で証明してほしい」２人はアドラスの故郷へ向かい、出生の秘密を調べ始めるが、それは陰謀の絡む帝位継承争いの幕開けだった。皇帝妃が遺した手紙、20年前に殺された皇子——王宮の謎を聖女が解き明かすファンタジー！

角川文庫のキャラクター文芸

ISBN 978-4-04-111525-1

妖魔と下僕の契約条件 1

椹野道流

絶望から始まる、君との新しい人生。

その日、足達《あだち》正路《まさみち》は世界で一番不幸だった。大学受験に失敗し二浪が確定。バイト先からは実質的にクビを宣告された。さらにひき逃げに遭い瀕死の重傷。しかし死を覚悟したとき、恐ろしいほど美形の男が現れて言った。「俺の下僕になれ」と。自分のために働き「餌」となれば生かしてやると。合意した正路は生還を果たすが、契約の相手で、人間として骨董店を営む「妖魔」の司野《しの》と暮らすことになり……。ドキドキ満載の傑作ファンタジー。

角川文庫のキャラクター文芸

ISBN 978-4-04-111055-3

ISBN 978-4-04-113596-9

菊乃、黄泉《よみ》より参る！

よみがえり少女と天下の降魔師

翁 まひろ

愉快な最強コンビによる江戸の怪異退治！

江戸時代。男勝りで正義感あふれる武家の女・菊乃《きくの》は、28歳で世を去るも何も未練はなかった。――はずが15年後、なぜか7歳の姿で黄泉《よみ》がえってしまった！　年相応にすぐ腹が減り眠くなるのと裏腹に、怪力と験力《げんりき》を宿した体。天下の降魔《ごうま》師を名乗る整った顔の僧・鶴松《つるまつ》にその力を見込まれた菊乃は、成仏する方法を探してもらう代わりに、日本橋に出る獣の化け物退治を手伝うが……。最高のバディが贈る、痛快で泣ける「情」の物語！

角川文庫のキャラクター文芸

ISBN 978-4-04-113598-3